SUI NO MAHOU

スイの魔法

5 最後の魔法

SAIGO NO MAHOU

白神怜司

Shirakami Reiji

Main Characters

主な登場人物

ターターニア・ヘイルン

ブレイニル帝国に仕える女騎士。
暴風を生み出す
【門】という特殊能力を操る。

アーシャ

スイと同じ銀髪蒼眼《ぎんぱつそうがん》の美少女。
かつては世界を恐怖に陥《おとしい》れた
魔導兵器《まどうへいき》だった。

ファラ

伝説の金龍にして、
スイの忠実な〈使い魔〉。
魔法訓練の良き相手。

スイ

主人公。銀髪蒼眼《ぎんぱつそうがん》の孤児《こじ》。
十三歳。容姿・知性・
魔力を備えた天才だが、
超マイペース。

マリステイス
『白銀《はくぎん》の魔女』。
すべての魔女の起源となる存在。
圧倒的な魔力を持つ。
ユーリ
ブレイニル帝国、
近衛師団の師団長にして、
女帝アリルタの腹心。
アンビー・ニュタル
『断崖《だんがい》の魔女』。
いつも飄々《ひょうひょう》としている。
魔導兵器《まどうへいき》の生みの親。
シア
『深淵《しんえん》の魔女』。
これまで生存不明だった
謎の魔女。
〈狂化《きょうか》〉寸前だと言われている。

プロローグ

「シア。マリステイスはおそらく、私達を利用しようとしている」

「……レシュール、落ち着いて」

『深淵《しんえん》の魔女』シアは足を止めると、困ったように苦笑を浮かべて『光牙《こうが》の魔女』レシュールを振り返った。

ここは浮遊大陸である。六人の『魔女』達は〈狂化《きょうか》〉から逃れる方法を探すため、『白銀《はくぎん》の魔女』マリステイスの棲《す》むこの地を訪れていた。

『白銀の魔女』ならば、その呪いを解いてくれると信じて。

マリステイスからは、ある一つの方法が示された。

シアが、レシュールを宥《なだ》めすかすように言う。

「マリステイスは私達の〈狂化〉を止めるために手を尽くしてくれている。そのために自らの力を犠牲にして、私には『闇の宝玉』を、アナタには『光の宝玉』を渡してくれたのよ」

「それはそうだけど、でも……ッ！」

「……どうしたの？」

自らを掻《か》き抱くようにして不安におののくレシュール。

その態度は、『魔女』としてあまりにも弱々しい姿であった。

「あの目……私には、得体《えたい》の知れないものが見つめているようにしか思えないんだ」

「ファラスティナをあんなに甘やかす人が、私達を騙《だま》しているっていうの？」

「わからない。わからないんだ、私には。確かにマリステイスは優しい。でも、それなら……！

何故、私はこれほどの恐怖を覚えているのか……！」

ただの考え過ぎだ、とはシアには思えなかった。

それは、このように怯えているのが『光牙《こうが》の魔女』だから。

レシュールは光の属性を持った『魔女』。

この属性は、直感や予感といった第六感が鋭いという特質を持つ。

研究者気質の『断崖《だんがい》の魔女』アンビー曰《いわ》く――

「光の属性は、異物を浮き彫りにするから、本能的に違和感を捉《とら》えることができる。『魔女』ともなれば、その能力は普通の人より鋭いものになるだろう」

――という話だ。

レシュールは、『魔女』となって日が浅い。

そんなレシュールとシアとの付き合いが長いのは、シアが先代の『光牙《こうが》の魔女』とも面識があったためである。

『深淵《しんえん》の魔女』として闇の能力に特化していたシアは、自らの能力と対《つい》の関係にある『光牙《こうが》の魔女』に興味を抱いており、レシュールが『光牙《こうが》の魔女』になるべく、先代から力を〈継承〉したときにも立ち会っていた。

『光牙《こうが》の魔女』の勘の鋭さには、シアも一目置いている。

だから、この過剰とも言えるレシュールの反応を見過ごすわけにはいかなかった。

「……レシュール。私も、マリステイスが『宝玉』を、何の見返りもなく渡すなんて思わないわ」

「だったら――ッ！」

「それでも、私には時間がない。すでに私には〈狂化〉の兆候があるし、何をきっかけに自我を失うかわからない状態なの。だから、マリステイスが何を企んでいるにせよ、関係ないと思っているわ」

たとえマリステイスが自分達を利用しようとしているとしても、もう迷っている暇などない。そうシアは考えていた。

けれど――と、彼女は続けた。

「アナタにはまだ時間がある。もしもアナタがマリステイスの目的を知ることができたら、そのときは――アナタが思う道を進み、正しいと思う行動を取りなさい」

「……私が、正しいと思う、行動を……？」

「えぇ、そうよ。私の次は、おそらくノルーシャ。いずれはアナタやヒノカが〈狂化〉の餌食《えじき》になる。それまでに答えを出せたら、そのときは……――」

◆◇◆◇◆

「――そのときは、できる限りのことをしてみせる。そう約束してしまったから、アナタは苦しんでしまったのね、レシュール……」

誰もいない薄暗い部屋の中。

漆黒《しっこく》のドレスを纏《まと》ったシアは、そっと目を閉じた。

レシュールが何を想い、何を託してくれたのか、シアには理解することができた。今の彼女の中には、レシュールの見てきた全ての記憶が息づいている。

そっと胸に手を当てて、自らの心音を確かめる。

ゆっくりと目を開けると、シアの足元に影が広がっていた。部屋のすべてを真っ暗な闇が覆い、走っていく。

そうしてアルドヴァルド王国内の影という影と自らの闇をつなぐと、人々の会話の声や情景が津波のように彼女の頭の中を埋め尽くした。

シアはふと眉を顰《ひそ》める。

「……『魔人』？」

かつて耳にしたことのある、その言葉。それは、本来生まれるべきではない存在を指すものであったはず。

シアは遠くを見据えるような目をする。まるでそこに誰かがいるように。

「……ええ、わかっているわ、レシュール。アナタの願いは、必ず私が成就《じょうじゅ》させてみせる」

闇から意識を引き上げると、さらにシアの身体は闇に呑まれていった。

「心配しないで。私が――マリステイスの陰謀を止めるから」

◆◇◆◇◆

――ドクン。

脈打つ鼓動。

流れ続けていた時間が終わりを迎え、条件が揃ったという合図を示す音。

空に浮かんだ大陸の草原で、光が集まり――人の姿を成した。

吹き抜ける風に揺れる銀色の長い髪。ゆっくりと開かれた金と蒼の瞳。その二色の双眸《そうぼう》は感情を一切宿さず、地上を見下ろしていた。

「……時は来たのね」

嗤《わら》うような、女の声。

冷たく告げられたその言葉を耳にする者も、それが何を意味しているのか知る者も、ここには存在しない。

「あらゆる条件が、ようやく揃う。永い悲願が――やっと叶う」

全てはシナリオ通りに運んでいる。

彼女の描いた未来は――すぐ近くにまで迫っていた。

1　全ての道はヴェルディアへ

始まりは、『魔女』の呪い――〈狂化〉。

それは強大な力を持ってしまった代償である。

膨大な魔力が身体に負荷を与えて崩壊を引き起こし、溢れ出た魔力が意思を持つかのように周囲の魔素を喰らい尽くす。そしてありとあらゆる生命から魔力を奪い取る化け物と化してまう。

その呪いは、エイネスと呼ばれた大魔法時代、当時名を轟《とどろ》かせていた六人の『魔女』に遡《さかのぼ》る。

代々『魔女』は、力と共に〈狂化〉の真実を〈継承〉してきた。『魔女』の力を素質のある人間に託し、自らも力の一部となって消えてしまうことで、〈狂化〉を回避してきたのである。

しかし、それは先延ばしに過ぎなかった。

根本的な解決法が見つからないまま〈継承〉を重ね、代を重ねる毎に肥大化した『魔女』の力は、制御不能に陥ろうとしていた。

――もうすぐ〈継承〉は使えなくなるだろう。

そう考えた『魔女』達は、『魔女』の綽名《あだな》の由来である始祖――『白銀の魔女』マリステイスのもとを訪ねた。自らの身体を蝕《むしば》む〈狂化〉を、自分達の代で断ち切ろうと考えたのだ。

マリステイスの協力は得られたが、彼女とて全能ではなかった。

成果が得られないまま徒《いたずら》に時間が過ぎ、マリステイスは苦肉の策を打つ。

『宝玉』という魔力体に、自分の力を分割し、『魔女』達に手渡したのだ。

『宝玉』によって周囲の魔素を高純度の魔力に変換し、『魔女』達の負担を軽減させる。同時に、彼女達の肉体と精神を封印することで、時間を引き延ばす。

さらに、マリステイスは、『魔女』を解放する手段にも着手した。自分では十全に扱いきれない『無』の魔法を、適合性を高めた存在に受け継がせようと考えたのだ。

――それが、スイという一人の少年が生まれた背景である。

◆◇◆◇◆

ここは、ガルソ島にある、人の侵入を拒《こば》むかのような深い森――幻惑《げんわく》の森。

この二年間、『螺旋《らせん》の魔女』ノルーシャのもとで修業を続け、ついに自分の出生の秘密を知ることとなった銀髪の少年――スイは、旅立ちを前に、自らの短い人生を思い返していた。

――スイは、「自分」がわからなかった。

教会という孤児の集まる環境。

血の繋《つな》がりのない集団。

生来、物静かなスイは、ただその事実だけを漠然《ばくぜん》と理解し、受け止めていた。

シスターや神父、同じ境遇の孤児らが、自分にとって家族であると頭では理解しているが、心のどこかでは他人だと思っていた。

いつしか彼は、誰にも迷惑をかけないように周囲と距離を置くようになった。

――「スイは頭の良い子供だ、手がかからない子供だ」と大人は言う。

そういった評価に応えるように、スイは自分の意見を主張することなく、ただ周囲に合わせてきた。

そうして、ヴェルディア王立図書館に篭《こも》り、自分のルーツを探るために本を読み漁った。

――多くの知識を得れば、自分が何者なのか理解できるのではないか。

それが、スイが知識を得ることに夢中になった理由だった。

スイが十歳を迎えたとき、彼の環境は一変した。

魔法学園での新しい生活。

突然姿を現した金龍のファラと、〈使い魔〉の契約を結んだ。

旧エヴンシア王国の騎士見習い、タータニア・ヘイルンとの邂逅《かいこう》、そして『放棄《ほうき》された島』への漂着。

ブレイニル帝国によって拐《かどわ》かされ、そこで出会った『銀の人形』――アーシャ。

ヴェル襲撃事件では、無力な自分を呪った。

ノルーシャのもとで己の宿命を知り、二年間の修業の日々を過ごした。

そして――自らに託された、『魔女』の願い。

たった三年間。

それまで揺れ動くことのなかった感情は大きく揺さぶられ、そのおかげでスイは良くも悪くも「自分」の感情を知ることになり、自らに与えられた使命を受け入れた。

そうして、師であるノルーシャを、『魔女』が背負う宿命から解放したのだ。

目の前に佇《たたず》むログハウスの主《あるじ》は、もう帰って来ない。


「――スイ」

声をかけられて振り返る。

これまでに出会ってきた仲間達が、彼を見つめている。


赤髪の剣士、タータニア。

ブレイニル帝国の『狂王』アリルタ・ブレイニル・メトワの腹心、ユーリ。

師ノルーシャと同じく、『魔女』の称号を持つ、アンビー・ニュタル。

運命に翻弄《ほんろう》され、彼と刃を交えた『銀の人形』、アーシャ。

その横には、スイにかけられていた【魅了魔法】を解いた、ミルテア。

そして、見送りに来てくれた兄弟子のルスティア・フェズリーと、姉弟子のネルティィエ・グライエス。

ノルーシャの従者であり、賢虎《けんこ》でありながら猫の姿を好む、シャムシャオ。


仲間達を一瞥《いちべつ》し、スイは決心したように口を開く。

「お待たせしました」

「もう、いいのかい？」

そう言ってアンビーは言葉を継ごうと悩んだが、結局、何も言わなかった。

スイに背負わせてしまった宿命。

アンビーもまた一人の『魔女』であり、いずれスイの力によって消してもらうつもりだった。だから、スイとはあまり親しくすべきではないと考えていた。

スイは、ルスティアとネルティエの二人と別れの挨拶をしている。

「スイ、短い間だったけれど、キミと過ごした時間は忘れない。また会おう」

「私もよ。お師匠様の願い、叶えてね」

「……はい。僕も絶対忘れません。落ち着いたら、また会いに来ますね」

「二人とも、この国はノルーシャ様の故郷です。――頼みましたよ」

横合いから声をかけたのは、シャムシャオである。

シャムシャオは、力強く頷く弟子にふっと笑みを浮かべ、スイと共にアンビー達のところに歩み寄った。

アンビーが口を開く。

「それじゃあ行こうかね。スイ君の故郷へ」

地面につま先をトンと打ち付けると、大きな魔法陣が浮かび上がった。アンビーの得意とする【転移魔法】である。

スイは、魔法陣の中からルスティアとネルティエ、そして彼らの背の向こうにあるログハウスをもう一度見つめ、万感《ばんかん》の思いを込めて口を開いた。

「行ってきます」

スイがルスティアとネルティエに別れを告げると、七人は光に包まれた。

◆◇◆◇◆

ヴェルディア王国王都ヴェルから北東に広がる、森の中。

突如として浮かび上がった黄色い魔法陣が一際強い光を放つと、数名の女性と一人の少年が姿を現した。

スイの一行である。

「ふむ、転移は成功かな。さすがにこの人数になると消費量も大きいね」

首から下げていたペンダントを外したアンビーが、赤い宝石が嵌《は》め込まれたそれを手のひらで転がしながら眉根《まゆね》を寄せた。

「それは？」

「これは蓄魔石《ちくませき》と言ってね。私の魔力を蓄積させて、魔力の代用にしているのさ。魔導兵器《まどうへいき》を造る際に動力としても使っている代物だよ。アーシャ、頼めるかい？」

スイの問いかけに答えるアンビーから蓄魔石《ちくませき》を手渡されたアーシャが、それに魔力を注いでいく。

すると、光を失っていた赤い宝石がキラキラと煌《きらめ》きを取り戻した。

「わぁー、綺麗ですー」

「確かに綺麗ね。それに魔力を貯めて、いざというときに魔法を使えるなら、かなり有用だわ」

感激するミルテアの横で、ユーリが冷静な分析をする。そんな二人の反応にアンビーは苦笑を漏らしながら告げた。

「ミルテアは何度も見ているだろうに……。――ユーリくんの言う通り役には立つんだけど、この蓄魔石《ちくませき》はそう数が採れる代物じゃなくてね。それに、一度魔力を馴染《なじ》ませると他の人の魔力は一切受け付けないから、都合がいいだけでもないんだ」

「それじゃあ、アーシャが代わりに補給できたのは、アーシャの核とアンビーさんの魔力が関係しているから、かな？」

スイが質問すると、脇からアーシャが答える。

「えぇ、その通りよ。私の核はアンビーの魔力を利用して活性化したものだから、本質は同じ魔力になるの」

「そういうわけだね。もっとも、私が自分でやろうとすると、外に漏れる魔力だけを使うことになるから一日はかかってしまうけれどね」

自分の魔力を使うと〈狂化〉が進んでしまうため、アンビーは魔法をこの蓄魔石《ちくませき》で運用しているのだ。

「さて、行動方針を定めておこうか」

ペンダントを首にして、アンビーは改めて情報を整理していく。

スイ達の目的は、残り三つとなった『宝玉』を手に入れ、『魔女』を〈狂化〉から解放することだ。

しかしながら、スイに敵対するいくつかの勢力が存在している。その一つが『光牙《こうが》の魔女』レシュールである。

アンビーは、まずはそれぞれの『魔女』――『光牙《こうが》の魔女』レシュールと『深淵《しんえん》の魔女』シア、『紅炎《こうえん》の魔女』ヒノカの居場所を調べる必要があると考えていた。

シアの消息は一切不明。

ヒノカがいたリヴァーステイル島は調査済であり、そこにはヒノカの姿も『宝玉』もなく、不毛な荒野が広がっていた。

その痕跡から、ヒノカは〈狂化〉の果てに消失し、ヒノカの持っていた『炎の宝玉』はレシュールの手に渡っている可能性が高い。それがアンビーとノルーシャの見解であった。

よって、目下の目的はレシュールの居場所を探るということになった。

「――やっぱりアルドヴァルド王国の内部が怪しいと私は睨《にら》んでいるよ。彼《か》の国がスイ君を執拗《しつよう》に狙っていた点や、アーシャを利用したという点から考えても、『魔女』が関わっているとしか思えないからね」

そう言って、アンビーは説明し終えた。

ユーリが、ふと気づいたようにアンビーに質問する。

「ん、そういえばアンビーさん。アナタ、アルドヴァルド王国の使者として、ヴェルディア国王のバレン陛下に謁見《えっけん》しているわよね？」

「あぁ、知っていたのかい。さすがはブレイニル帝国の女帝の腹心《ふくしん》だね。けれど、私が務めたのはアルドヴァルドとヴェルディアの窓口のみ。アルドヴァルドの深いところは知らないんだよ」

長い封印から目覚めたアンビーは、エイネスの時代に関わりがあったアルドヴァルド王国に行った。そこでいくつかの魔法論文を書き、アルドヴァルド王国に恩を売ることに成功し、居座ることになった。

一方で、アルドヴァルド王国が『銀の人形』――アーシャを利用したことに疑問を抱き、内部事情を探ろうともしていたものの、『断崖《だんがい》の魔女』であることから監視下に置かれ、自由に動けずにいたのであった。

「――今度こそ、あのときの借りを返す必要がありそうだね」

もし、当時アンビーがアルドヴァルド上層部を調べていれば、レシュールの存在に気づいたかもしれない。だが、彼女は、アルドヴァルド王国の動きにそれほど興味を抱いていなかったのだ。

そんなアンビーにシャムシャオが冷たく言い放つ。

「過ぎたことを言っても仕方ないでしょう。それで、どう動くおつもりなのですか？」

「まぁね。言う通りだとも。――で、私はこれからシャオを連れて、アルドヴァルド王国を探ってみようと思っているんだ。今言った通り、それなりの伝手《つて》もあるわけだしね。情報が入り次第、こっちに戻ってくるつもりだよ」

「私が同行した方がいいんじゃないかしら？」

「嬉しい提案だけれど、キミにはヴェルでミルテアの世話をしてほしい。荒事《あらごと》が苦手な彼女を守り慣れているだろうしね」

アンビーの蓄魔石《ちくませき》に魔力を貯めることができるため、同行を進言したアーシャであったが、アンビーは断った。そうして、一人所在なさげに立っているミルテアへ顔を向ける。

「ミルテア」

「は、はいっ！」

「キミとアーシャのおかげで、私の不出来な子供達を眠らせることができた。キミには感謝してるよ」

この二年間、ミルテアはアンビー達に同行し、かつてアンビーが生み出した魔導兵器を破壊して世界を回ってきた。アンビーは彼女の尽力に心から感謝していた。

「厄介なことに、アルドヴァルドは何かしでかそうとしている。また魔導人形が投入されることもあるだろう。キミの魔法はそれらを一蹴できる力を持っているけれど、キミの心は戦いに向いているとは言い難い。もしも戦う覚悟がないなら――」

「大丈夫です」

アンビーの言葉を遮《さえぎ》り、ミルテアはアンビーをまっすぐに見て答えた。

「えっと、確かに私はアーシャさんみたいに強くないです。でも、逃げるのは嫌なんです。もう逃げたくないんです」

その言葉は、ミルテアの決意の表れだった。

ミルテアは元々、旧カロッセ王国の王女でありながら、国を捨てたという過去を持つ。

彼女の【特殊魔法】である【浄化の光】――全ての魔法を解除してしまうという力を利用し、戦火を広げようとした者達の手から逃れ、亡命したのだ。それは彼女にとって、逃げであった。

弱かった彼女はアンビーと共に二年間奔走《ほんそう》することで、自信を養ったのだ。

ミルテアの意思を認めるように、アーシャが続ける。

「心配いらないわ。この子の世話ぐらい、もう慣れたわ」

「アーシャさん……！　じゃあ、お姉ちゃんって呼んでいいですかっ！」

「どうしてそこで『じゃあ』になるのよ。遠慮させてもらうわ」

アンビーはそんな二人のやり取りに両手を上げて頭を振ると、ユーリを見た。

「アーシャとミルテアの二人は対アルドヴァルド戦で心強い味方になると保証するよ。実際に私と一緒に世界中を回ったんだから、お世辞や過大評価ではなくね」

アンビーの言葉にユーリは複雑な表情を見せる。

「もちろん、責任を持って預からせてもらうし、戦力が増えるのも吝《やぶさ》かではないのだけれど……。でも、ミルテアさんはともかく、アーシャさんはスイ君と同行した方がいいんじゃないかしら」

「それは厳しいでしょうね――」

すぐさまユーリの提案を遮《さえぎ》ったのは、シャムシャオである。

「――想定される最悪のケースは、アルドヴァルド王国と『魔女』が同時に攻めてきた場合です。そうさせないためにもアーシャさんには、ユーリさんに協力してアルドヴァルドを押さえてもらわなくては。それに『魔女』相手にまともに戦えるのは、私とアンビー様、タータニアさんぐらいでしょう」

その答えに、ユーリがむっとして口を開く。

「あら、私も足手まといかしら？」

「アナタは、ブレイニル帝国軍の指揮下に入る可能性があるので、そういう意味では難しいのでは？」

「……まぁ、それは確かにね……」

口を尖らせるユーリであったが、実際にその可能性は否定できなかった。

張り詰めた空気の中、スイが提案する。

「そうなると、残りはタータニアさんと僕ですね。僕はヴェルの街のみんなに挨拶《あいさつ》してから、王立図書館の書物を調べて『魔女』に縁のある場所を洗い出すつもりですけど……」

ユーリがタータニアに言う。

「それなら、タータニアさんはスイ君の手伝いね」

「えぇ、問題ないわ」

タータニアの返事を聞いて、アンビーが口を開く。

「それじゃあ決定だね。ここから私とシャオは別行動だ。『魔女』の足取りを追ってアルドヴァルドに潜入する」

次いで、ユーリが全員に告げる。

「私達は、ヴェルにあるブレイニル帝国の駐屯地に行くわ。そこが今後の拠点になると思うから。タータニアさんは、スイ君のお手伝いを行く前にこっちに顔を出して欲しいの」

ユーリの言葉にタータニアが頷くと、最後にスイがマイペースに呟いた。

「じゃあ僕はその間に、一度教会に行きますね」

こうして、それぞれが今後の行き先を確認すると、再会を約束してその場を後にするのであった。

◆◇◆◇◆

アルドヴァルド王国の王都、アクアリル。

王都の中央に位置する巨大な白い塔の一室で、数名の男女が円卓につき、一様に沈黙を貫いていた。

漂う空気は重苦しい。

誰もが困惑か、あるいは焦燥《しょうそう》に駆られているようであった。

「まさか、このようなときに……ッ！」

熊のような巨軀《きょく》の男――レムリオ・エルゲンが分厚い拳を机に打ちつけて沈黙を破るものの、皆口を閉じたまま喋《しゃべ》ろうとはしなかった。

彼らが沈黙するのも無理はない。

彼らの国を守り続けた、もはや彼らにとって神と言っても過言ではない存在が、唐突に姿を消してしまったのだ。

その存在こそが、アルドヴァルド王国国王『光牙《こうが》の魔女』レシュールである。

混乱が国内外に広がっていない理由は、『光牙《こうが》の魔女』がアルドヴァルド王国の後ろにいるという事実が知られていないためである。

それはこの国の特殊な体制――「二王制」という制度に由来している。

そもそも、レシュール自身がアルドヴァルド王国の国王になりたいと願ったわけではない。彼女が国王になったのは、エイネスの時代に当時のアルドヴァルド国王から嘆願されたからだ。レシュールとしては、アルドヴァルド王国は、手駒くらいにはなるという考えしかなかった。『螺旋《らせん》の魔女』を味方につけたガルソ王国のように、レシュールの名を借りることで箔《はく》をつけたいというアルドヴァルド側の思惑に、レシュールは乗っかることにしたのだ。

王国の頂点にはレシュールが国王として就いていたが、彼女は、国政に関わるつもりはないと公言していた。そういった経緯から、名ばかりの国王――御意見番とでも言うべき立場であった。

二王制とは、二人の王が存在する制度だ。

アルドヴァルドには、国内外に知られている、もう一人の王がいる。

それこそが、かつてブレイニル帝国に赴《おもむ》き、帝王アリルタ・ブレイニル・メトワと対立した、アジベル・ノストラの姉で、公爵《こうしゃく》家当主である「公王」――リアネル・ノストラである。

神とも呼べる存在であったレシュールが突然消えた。その一報が国の重鎮《じゅうちん》達に伝わり、リアネルを中心にこうして慌てて一堂に会することになったのである。

未だに方針の定まらぬ重鎮達の間に不穏な空気が漂っている。誰も最初に言葉を発することができず、互いに牽制《けんせい》し合っていた。

突然、線の細い男がゆったりと口を開く。

「……しかし、これは好機ではありませんか？」

平行線を辿る睨み合いを嘲笑《あざわら》うように、さらに続ける。

「レシュール様は、いつか自らが姿を消す日が来ると常々《つねづね》仰っていました。また、そのときが来たら、自分は二度と帰って来ることはない、とも。でしたら、我々も覚悟を決めるべきでしょう」

「……フン、さすがは〈公王派〉の筆頭《ひっとう》――レディア家。陛下が消えた途端、うるさい小鳥のように囀《さえず》りおって」

忌々《いまいま》しげに〈国王派〉であるレムリオが呟く。

「皆様はどうやらお疲れのようで、口を動かすのも億劫《おっくう》に見えましたので、代わりに私が囀《さえず》っただけですとも、エルゲン卿《きょう》」

細身の男、エフェル・レディアは何食わぬ顔で返した。

二王制下にあるアルドヴァルド王国には、二つの派閥が存在していた。

一つは、国王レシュールを支え、エルゲン家が筆頭となる〈国王派〉。もう一つが、表の王である公王の指示によって動くレディア家率いる〈公王派〉だ。

〈国王派〉はレシュールの意向を優先して動いていた。〈国王派〉には、選民意識の塊のような者も少なからずいる。レムリオはその典型と言えた。

レシュールの突然の消失は〈国王派〉にとっては歓迎できない事態だ。〈国王派〉ときちんと国のために尽力し、力を蓄えてはいるが、勢力が弱体化することは間違いない。いつかは来ると理解していたが、それが当代であるとは思いもしなかっただろう。

エフェルは、レムリオの取り乱す姿をひどく滑稽《こっけい》に感じていた。

エフェルは円卓から離れ、階段の先に座る女性――公王リアネルに向き直る。

「公王陛下。我々は確かに国王陛下の庇護《ひご》を失いました。ですが、国王陛下ご自身いつかこの日が来ると仰られ、我々〈公王派〉はその準備を進めてきたのです。影に徹してきた我々が、太陽の下に出るときがついに来たのではありませんか？」

「小僧、何を……！」

レムリオの横合いからの怒声に、エフェルは肩を竦《すく》めた。

「そう逆上しないでいただきたいですね、エルゲン卿。もう国王陛下は消えてしまわれたのです。

これからは公王陛下が国を動かすことになる。それが不服なら、叛逆罪《はんぎゃくざい》に問われますよ？」

「……ッ、ならば聞くが、お主ら〈公王派〉が収集していた過去の遺物《いぶつ》――魔導兵器は何者かによって次々に破壊されているというではないか。こんな状況で何をするつもりだ？」

派閥の筆頭同士の会話を、居並ぶ重鎮達は息を殺して窺《うかが》っている。

この十年弱の間、〈公王派〉は、各地に眠る魔導兵器の入手を試みていた。しかし、それらは、アンビー、アーシャ、そしてミルテアの三人によって次々と破壊されてしまった。

アルドヴァルド王国の権力をさらに広げるという、レシュールがいたころは隠していた〈公王派〉の野望は、彼女が消えた今隠す必要などない。しかしその主戦力となる予定であった魔導兵器は消えた。

それにもかかわらず――エフェルはにたりと口元に弧を描く。

「我々は秘密裏に成功したのですよ、『魔人化計画』に」

「『魔人化計画』――ッ、あれは国王陛下が禁じた研究ではなかったか……？」

「確かにあまりいい顔はなさいませんでしたが、しかし『魔獣』研究の中で偶然成功例が生まれましてね。彼女達は『魔獣』を自在に操る素晴らしい能力を持っています。最初は偶然の産物でしたが、すでに研究は進んでいるんですよ」

「何を考えている……ッ！　人を人とも思わぬ禁忌《きんき》に手を染めたと言うのか！　あの『魔獣』を操

るなど……。いずれ飼い犬に手を噛まれるぞ！」

「ご安心を。――彼女達は、私には逆らえませんから」

得意気な表情で答えるエフェル。

その場にいた誰もが震えた。命を操り、人間を『魔獣』と同等の存在にする『魔人化計画』。それは人の命を弄《もてあそ》ぶ行為だった。

「……国王陛下はご存知だったのか？」

「ええ、当然ですとも。さすがに驚いていらっしゃいましたが、いつも通りでしたよ。ありがたい忠告はいただきましたがね」

エフェルがレシュールに『魔人化計画』成功を伝えると、レシュールは目を僅《わず》かに見開いたが、咎《とが》めることはなかった。ただ一言、「それが国のためになると考えたのなら、好きにするが良い」と告げただけである。

その話を聞いて、レムリオは嘆息した。

これまでも〈公王派〉は過激な行動を起こすことが多かった。それを咎《とが》めるどころか認め、静観するレシュールに困惑させられたことも少なくない。

かつてその態度に痺《しび》れを切らし、直言したことがあるレムリオであったが、その際に告げられた言葉が彼の口から零《こぼ》れ落ちた。

「――公王と国王。同じ国に在りながら二人の王を持ち、互いに研鑽《けんさん》せよ、か」

「アルドヴァルド王国の古い理念ですか。ですが、これからは公王様ただ一人がこの国を背負われることとなりましょう。我がアルドヴァルド王国は、新生『アルドヴァルド公王国』として生まれ変わる、と言うべきでしょう」

――そして、エフェルは公王リアネルを仰いだ。

「だからこそ、これまでとは違うのだと諸国に見せつけてやれば良いのです、公王陛下」

沈黙を貫いていたリアネルがゆっくりと口を開く。

「……何が言いたい？」

エフェルの真意を問う。

「我々はとてつもなく長い時間、国王陛下――『光牙《こうが》の魔女』に尽くしてきました。歴史の修正、改竄《かいざん》、隠蔽《いんぺい》。世界を裏から操りながら、沈黙を貫いてきたのです。しかし昨今、西の蛮族、ブレイニル帝国などが我らを敵視する振る舞いを続けています。これまで耐えてきましたが――、もう『光牙《こうが》の魔女』はいない」

そこまで言って一度言葉を区切ったエフェルは、深く頭を下げる臣下の礼を取り、再び言葉を続けた。

「我らが影に甘んじる必要はなくなりました。『アルドヴァルド公王国』として、表舞台に上がるときは今かと、私《わたくし》めは愚考《ぐこう》いたします」

影に潜んできたアルドヴァルドの歴史を、ここにいる誰もが理解している。

旧時代「ヘリン」を終焉《しゅうえん》に導いたのも、それ以前の歴史を全て隠蔽《いんぺい》してきたのも、アルドヴァルド王国である。レシュールの指示のもとアルドヴァルド王国は影に潜み続けてきたのだ。

もはや、その呪縛《じゅばく》から解放された。

リアネルは表情一つ変えずにエフェルに問いかける。

「……レディア卿、勝算はあるのだな？」

「今や、我らに恐れるものなどないかと」

再びレムリオが声を上げる。

「……あのような化け物どもを本当に御《ぎょ》せるのか？」

それはその場にいる〈国王派〉全員の懸念《けねん》でもあった。人を襲う『魔獣』を本当にコントロールできるのか。とてもではないが信じることはできない。

だが、レムリオら〈国王派〉の懸念を、エフェルは目を細めながら一蹴した。

「もちろんですとも。『魔獣』を誘導することは可能です。これによって、ブレイニル帝国とヴェルディア王国、それに周辺小国に対する数的不利は容易に覆《くつがえ》せるでしょう」

エフェルはにこやかに言い放つとともに、リアネルへちらりと視線を向けた。

ここまでお膳立てしたのだ、断る理由などないだろう、と言いたげなエフェルの視線を受けて、リアネルは瞑目《めいもく》した。

国王レシュールが亡くなり、情勢が不安定になっている。この状況で戦争に突入すればさらに混乱するだろう。

しかし、〈公王派〉にとってチャンスでもあった。〈国王派〉を抑え、国をまとめるのは今しかない。

そこまで考えて、リアネルはゆっくりと目を開けた。

「良かろう。アルドヴァルド公王が命じる。新時代の華々しい幕開けに相応しく、徒党を組んだ蛮国共を打ち砕いてみせよ。以上だ」

「仰せのままに」

エフェルは大仰に腰を折って礼を示すと、ゆっくりと顔を上げてその場を辞した。

重厚な扉の前で待機していた側仕《そばづか》えを伴って廊下を歩く彼の顔は先ほどまでの優男《やさおとこ》然としたものとは打って変わって、くつくつと卑しい笑みを浮かべている。

「老害どもが。『魔女』が消えた今となっては、もはや飾りにもならん」

「危険です、旦那様。誰が聞いているやもしれませぬ」

「フン、誰に聞かれようと気にする必要はなかろう。——出来損ないを投入する。西の蛮族に頭《こうべ》を垂れた愚かな国から始末してやろう。かの地は二年前〈国王派〉が失態を演じた場所。そこを制圧し、新たな時代の幕開けを飾ろうではないか」

二年前のヴェルディア王国王都襲撃事件において、〈国王派〉はスイを暗殺し損ねた。その落とし前を〈公王派〉である自分がつける。大国ヴェルディアへの襲撃によってアルドヴァルドの新時代の幕開けを大々的に掲げるという筋書きだ。

「魔導兵器が無事ならば良かったのだがな。仕方あるまい。『魔人』と『魔獣』と魔導人形があれば十分だ。では、準備はよいか」

「御意《ぎょい》に」

◆◇◆◇◆

ヴェルディア王国へ向かって海上を進むアルドヴァルド王国船。その船室の一つで、何者かが激しく暴れていた。

金色の長い髪を左右で留めた少女が、苛立《いらだ》ちを噛み締めながら椅子を蹴り飛ばす。瞳は血走っており、気分が晴れた様子はない。荒れた船室のベッドに勢い良く座り込み、拳を叩きつけ、奥歯をギリッと食い縛る。

「ふーっ、ふーっ、……エフェル……ッ！」

かつてスイとルスティアの前に姿を現した少女――アンジェレーシアである。しかし、その様子は獣に近く、以前の飄々《ひょうひょう》とした面影は微塵《みじん》もない。

彼女は『魔人化計画』によって生み出された『魔人』である。

『魔獣』と同じく魔力を喰らい尽くすという特性を与えられた人間もどきであり、薬を与えられなければ生き存《なが》らえることすら叶わない。そんな自らを、彼女は飼い犬のようだと思い、合成獣《キメラ》と自称していた。

成功例としての『魔人』はたった六人しかいなかったが、ことごとく戦地に送られ、命を落とした者もいた。

生きるためには、薬をもらうしかないが、そのために死地へ向かわねばならない。生きるために死地へ赴くという矛盾を抱え、その心は疲弊《ひへい》し荒《すさ》んでいく。

そんな状況に、少女の精神が耐え続けられるはずがない。

アンジェレーシアの心はすでに危険な状態に追い込まれていた。

――いっそ壊れてしまえば、楽なのかもしれない。

ふと、そんな考えが脳裏を過《よぎ》った――そのときだった。

彼女の視界の先で、突然影が音もなく広がる。

「酷い有り様ね」

「誰だ!?」

声のする方向へ目をやると、人の姿を象《かたど》るように影が浮かび上がっていた。黒一色のシルエットは徐々に人の姿を成していく。

胸元の開いた黒いドレス。頬に黒い刺青《いれずみ》のような線。長い黒髪は編み込まれたまま横に流され、紫紺《しこん》の瞳は遠くを映しているようである。姿を現したのは神秘的な空気を纏《まと》った女性であった。

特殊な境遇で何年もの戦闘訓練を受けてきたアンジェレーシアですら、その女性が放つ深い闇にあてられ、身動きを取ることさえできなかった。

そんな彼女のもとへ、女性はゆっくりと歩み寄り、そっと口を開いた。

『魔人』アンジェレーシア。アナタは、このまま利用され続けることを、受け入れるつもり？」

「……ッ」

「可哀想なアンジェレーシア。利用されるだけ利用され、心を壊そうとしているアナタの気持ちは、私達にはよくわかるわ」

「……誰、なのさ……！　悪いけど、今のボクは機嫌が悪いんだよ……！　フザけたことを口にするな。その首を折ってやろうかッ」

手負いの獣のように睨みつけるアンジェレーシア。

しかし女性は怯むことなく続ける。

「私は『深淵《しんえん》の魔女』シア。アナタと同じ、利用された者。——同時に、アナタと同じ、支配者に抗《あらが》う存在よ」

「『魔女』、だって……？」

訝《いぶか》しむアンジェレーシアに、シアは微笑を湛《たた》えて手を差し伸べた。

「アナタの力は酷く不安定。早いところ、その胸に埋め込まれた術式と魔石を消さないと、取り返しがつかなくなるわ」

「——ッ、どうして、それを……！」

アンジェレーシアは瞠目《どうもく》している。シアは続けた。

「それは失敗した術式なの。アナタをその姿にしたアルドヴァルドの者はそう思っていないようだけれどね。その術式の根幹を作り上げた『断崖《だんがい》の魔女』は、これが世に出ることを許さず、封印して闇に葬《ほうむ》ったはずなのだけれど……」

アンジェレーシアら『魔人』はエフェルが管理していた。その遥か上位に『光牙《こうが》の魔女』が君臨していることはアンジェレーシアも知っている。だが、『断崖《だんがい》の魔女』が『魔人』に関わっていたとは知らなかった。

——シアは何かを知っている。

彼女なら、もしかしたらこの苦しみから救ってくれるかもしれない。そう考えたアンジェレーシアの前に、シアがゆっくりと手を差し出す。

「利用されるだけでいたくないのなら、抗《あらが》いたいのなら、この手を取りなさい。私はその術式がこの世界に存在していることを赦《ゆる》さない。アナタは——どうするの？」

壊れかけた心のまま、アンジェレーシアは藁《わら》をも掴む思いでその手に触れた。

ベッドに腰掛ける彼女の身体を包むように、闇が広がる。

そして、その胸へ吸い込まれていった。

「ぐ……ッ、ううっ、な、何を……！」

「心配しなくていいわ。一時的にアナタの身体の歪《ゆが》んだ力を抑え込むだけよ」

アンジェレーシアは、突然身体を襲った奇妙な違和感に咳き込んだ。

そして、しばらくして顔を上げると、闇の中へゆっくりと染み込むように消えていくシアの姿が目に映った。

「ヴェルディア大陸で会いましょう。時が来たら、迎えに行くわ」

「げほっ……、ま、って……」

何が起きたのかわからないままアンジェレーシアは手を伸ばす。しかし、シアはその手を取ることなく姿を消した。

先ほどまで感じていた憤怒《ふんど》、焦燥、虚脱《きょだつ》、そうしたものの全てが、今ではすっかり塗り潰されている。

アンジェレーシアは身体を倒して天井を仰いだ。

「ボクは生きられる、のかな……？」

そっと伸ばした手を握り締めて、たった今起こったことを思い出した。

スイ達は、『魔女』の情報を求めて。

アルドヴァルド王国は、新たな時代を築くべく。

アンジェレーシアは、救いを求めて。

——それらはまるで、導かれるように。全ての思惑はヴェルディア大陸へと続き、交わろうとしていた。

2　名も無き神

一行と別れたスイは、ヴェルの街へ足を踏み入れていた。久しぶりに見る街の風景と記憶の差異を噛み締めるように、周囲を見回しながらゆっくりと歩く。

「……ねぇ、あの子じゃない？　ほら」

「あ、ホントだ！」

行き交う人々が自分を指差して何やら騒いでいる。

そんな出来事にも、スイは違和感どころか懐かしさすら覚えていた。こういう扱いを受けることはスイの中では日常茶飯事で、気にとめることはない。

――自分の見た目がおかしいことぐらい、自分が一番わかっているんだ。騒がれることぐらいもう慣れたさ。

そう本人は思っている。

スイは自分が注目されている本当の理由に気づいていないが、実はこのような事情があった。

二年前のアルドヴァルドによる王都襲撃事件がスイのせいで起きたという風評――実際は事実であるが――は払拭され、むしろ襲撃者を撃退した英雄だと知れ渡っていたのである。

ともあれ、そうした騒ぎに相変わらず反応を示さないまま、スイは居住区の第二地区にある我が家――教会へやって来た。

すでに自らの本当の出自を知り、自分がここに預けられた経緯を知らされたスイではあるが、やはりこの教会が自分の家であり、この街が故郷なのだ。

久しぶりの我が家を見て、頬を緩ませていると、「スイ!?」と自分の名を呼ぶ声が耳に届いた。

「スイ、帰ってきたのね！」

「ただいま、ヘリア姉――っとと」

庭先で洗濯物を干していたヘリアに抱きつかれ、スイはそれを受け止めた。二年前なら間違いなく倒れていたであろうが、修業の恩恵はこんなところにも表れたようだ。

「スイ、おかえり。髪、伸びたのね。それに背も少しだけど大きくなったわね！」

「……ははは、うん。少しは、ね……」

抱擁を解いてまじまじとスイの姿を確認したヘリア。彼女の言葉に、スイは密かに傷つき顔を引き攣《つ》らせた。

「あれ、どうしたの？」

「……身長あんまり伸びてないかなぁって」

「あはは、気にしなくていいのに。誰かに何か言われたの？」

「まぁ、色々ね……」

基本的に自分のことには無頓着なスイが身長の伸びを気にしているのは、彼の周囲の人達に何度も揶揄《やゆ》されたからである。また、以前までは同じぐらいの身長であったタータニアの背が自分より高くなっていることも、彼にショックを与えていた。

「スイが帰ってきたって!?」

「ホントなの、ヘリア！」

「スイ兄ー！」

次々と姿を現したのは、シスターのシェスカとイルシア、そしてスイに懐いていた子供達であった。それぞれに短く挨拶を返しつつも、スイの瞳にじわりと涙が浮かぶのは、子供達の背が著しく伸びているせいではない。断じて違う。スイは自分にそう言い聞かせていた。

そんなスイの視線の先に、スイの父とも呼べる神父エイトスが姿を現した。

「おかえり、スイ。すっかり大きく……なったようだね」

「ただいま、エイトスさん。今の微妙な間《ま》が、ちょっと気になるんだけども」

感動の再会は、「身長」という障害を前に台無しになったのであった。


この二年間の出来事を含め、そもそも自分がどういった経緯でこの街へ戻ってきたのか、またこの後、王立図書館で『魔女』について調べようとしていることなどを、スイはすべて話した。それは、昼食を挟んですっかり陽が傾いた頃であった。

教会の奥にあるエイトスの私室。

その場に残っていたのはスイ、エイトス、イルシアの三人。

ヘリアとシェスカも聞きたがっていたが、何しろ話はスイがこの教会に預けられた経緯――『魔女』に国王バレンが協力したという国家機密にまで及んでいたので、出て行ってもらったのだ。

スイの説明をひと通り聞いて、驚きのあまり目を丸くしたイルシアが改めて尋ねる。

「――それじゃあ、スイは『魔女』の命運を託されて、生まれたっていうこと？」

スイがあの『白銀の魔女』によって生み出され、『魔女』を消すという重い宿命を背負っているなどと聞かされても、素直に受け止められるはずがない。

「そうなるね。僕が得た『無』の力は、そのために与えられたものなんだって」

「そんな……。それじゃあまるで、『魔女』を殺すために生まれたみたいじゃない……ッ」

スイから聞かされた話が冗談や聞き間違いであってほしいと願うイルシアであったが、彼から返ってきたのは重苦しい沈黙であった。

呆然《ぼうぜん》とするイルシアを視界の隅におさめながら、エイトスは小さく嘆息した。

「……やれやれ。イルシア、しっかりしなさい。私達が何を言おうと、スイは受け入れるつもりのようだ」

「そ、そんなことを言われても！」

「スイの目を見れば、スイが自らの意志でそれを選んだのは明白だ。私達にできることと言えば、せいぜいその決意を受け止めてやることくらいではないかな。それに今さら曲げるつもりも折れるつもりもなさそうじゃないか」

そう言って朗《ほが》らかに笑うエイトス。スイも釣られるように笑みを浮かべた。

「ごめんなさい。心配をかけるかもしれないけど、僕はノルーシャ様のためにも、やるって決めたんだ。それは譲れない。どうして僕がこんなに重い責任を負わなければいけないんだと思うこともあったけれど、僕は『魔女』の苦しみを知ってしまった。力を持った理由を知ってしまった。そして、生まれた理由を知ってしまった。だからもう、決めたんだ」

――ノルーシャの『魔女』を解放してほしいという願い。それを知ったからには、逃げるわけにはいかないのだ。

スイの決意を目の当たりにし、イルシアは何も言えなくなった。

幼い頃のスイをイルシアは知っている。

「これは」と決めたことは、絶対に譲らない。王立図書館に通うと言い出したときもそうだ。イルシアはスイが通う理由を知っていたが、ずっと通い続けるとは思っていなかった。意志が強い、或いは頑固とも言えた。

「……そう。そこまで言うのなら、もう何も言わないわ」

「イル姉……」

「ただし、危険なことはしちゃダメよ」

釘を刺すように言われて、スイは苦笑する。そして心の中でそっと呟く。

——それは、ちょっと約束できないかもしれないいんだ。


スイの脳裏に、ノルーシャとの修業の日々が蘇《よみがえ》る。

ノルーシャとの修業中、スイの魔法によって具現した『魔導書《グリモワール》』。そこには『無』の魔法に関する情報が載っていた。

チェミが死んでしまった際に使った、スイが敵として認識した者を襲う、雪のように降り注ぐ魔法——【全てを無へ《イリミネイト》】。

『魔女』を解放すべく編み出されたとされる魔法——【呪いを消し去れ《オブリタレイト》】。

この二つ以外にも、幾つかの魔法がそこには記されていた。それら『無』の力を扱うことにも修業の中で慣れていったスイであったが、一つだけ例外とされる魔法があった。あまりにも危険過ぎたため、全ての『宝玉』が揃うまで絶対に使わないようにとノルーシャに釘を刺された魔法が。

「——ところでスイ、この後、王立図書館に行くって言っていたけれど、『魔女』が関わっている書物なんてあるのかしら。アナタが読んできた本の中に、それらしい物はあったの？」

スイの意識が現実に引き戻された。小さく首を振って返答する。

「『白銀の魔女』のお伽話《とぎばなし》なんかが元になった話ばかりだったかな。役に立ちそうな本はなかったと思う」

「となると、情報を得られる可能性があるのは魔法学園の書庫か、もしくは……王城の書架《しょか》ぐらいかもしれないね」

「魔法学園の書庫と、王城の書架？」

聞き覚えのない二つの場所の名前に小首を傾げるスイ。それを見たイルシアが得意気に胸を張って指を立てる。

「私も噂で聞いただけなんだけどね。このヴェルディア王国がヘリン中期に建国されたのは知っているわよね？　そのときにね、古くて重要な文書は、その場所に移されて閲覧が禁じられたっていう話なのよ」

エイトスが口を挟む。

「『魔女』に関して深く知りたいなら、そのどちらかを当たるべきだろう。ただ、本当にあるかどうか不確かだからね。もしかしたら与太話《よたばなし》かもしれないよ」

「そっか。でも、可能性があるなら行ってみたいな……」

あくまでも噂だと釘を刺すエイトスであったが、少しでも多くの情報を得たいスイにとっては朗報だ。

ふとスイの視線がエイトスの机の上に留まった。

一冊の分厚い本が置いてある。

「あぁ、これが気になったのかい？」

スイの視線に気づいたエイトスが立ち上がり、その本を手に取った。

「これはこの教会が祀《まつ》る神の聖典だよ。そういえばスイには、この教会が信仰している——いや、していた神について、話したことはなかったね」

エイトスに言われ、スイは今さらながらに気づく。

この教会が教会たる所以《ゆえん》。教会が崇める神、教えている宗教について、これまで聞かされたことはなかったのだ。

「これはね、『名も無き神の聖典』と呼ばれている」

「『名も無き神』……？」

「そう。それにね、確かにここは教会という役割を与えられているけれど、この教会には今、信仰する神はいないのだよ」

「え？」

「七十年前の魔導戦争当時、この国の王侯貴族には王国派とは別に、教会派と呼ばれる一派がいたそうだ。当時の教会はとある神を信仰し、この聖典の教えこそが絶対であると唱え、戦争して他国に神の教えを広めようとした。当時のヴェルディア王国は今とは違って王侯貴族の権力は絶対的なものでね。これによって多くの民が戦争に駆り出され、帰らぬ人となった。――おっと、そうだ。ここを見てごらん」

聖典を捲《めく》っていたエイトスが、とあるページで手を止めスイに差し出した。

「ここに書いてある『金翼の神使《みつかい》』という言葉に、思い当たる節はあるね？」

「……ッ、ファラ、ですか？」

「そう。あのとき――スイがあの金龍と〈使い魔〉契約をしたときから、やはり不思議な運命に導かれているのだと確信したものだよ。他国ではその神使《みつかい》こそが神であるとされている地もあると聞くがね」

その話はスイも王立図書館で読んだことがある。

遠い異国では金龍が神として文献に記されている、と。だからこそスイは、ファラと初めて出会ったとき、「君は〈使い魔〉になるような存在ではない」と、契約を拒んだのだ。

「ともあれ、この国は魔導戦争で教会派が多くの血を流す選択をして以来、この『名も無き神』の宗教は禁止されることになった。本当は名はあるのだが、その名は棄《す》てられ、今では『名も無き神』としてのみ語られる。今では教会は『教えを与える場所』だった名残から孤児院としての役割を果たしているが、『信仰を広める場所』ではなくなった」

「そっか。それでもエイトスさんやイル姉は神父とシスターだよね？　つまり『名も無き神』の信者である、ということ？」

「私やイルシアは元々ここで育っただけで、信者ではない。神父やシスターという名も便宜上使っているだけだ。ただ、聖典というのは不思議でね。信仰していなくても、色々と学ぶことはある」

「でも、宗教として活動を禁じられているなら、やっぱり肩身が狭かったりとか……」

「七十年前はそうはいかなかっただろうけれど、今ではここは孤児院としての役割しか果たしていないからね。私達が肩身の狭い思いをしているということはないよ」

「そっか。それならいいんだけどね……」

スイは、初めて聞かされた話に驚いていた。しかし、それ以上にスイの脳裏には『金翼の神使《みつかい》』というフレーズが頭に引っかかっていた。

「ファラ、起きてる？」

スイの声に呼応するように光が生まれ、金色に輝き出した。人の姿で現れたファラはどうやら眠っていたようで、出てくるなり眠たげに目を擦《こす》りながら周囲を見回した。

「あれ、着《つ》いてる？」

「気づいてなかったんだね。もうヴェルに帰ってきてるよ」

ファラの間の抜けた声に、皆苦笑を浮かべる。

ファラは気にせず、スイへ両手を伸ばして抱き締めた。

「んー……？　主様《あるじさま》、小さくなった？」

「……ファラ、ガルソを離れてから子供サイズでいるのをやめたこと忘れたの？　大人サイズに戻ったからそう感じただけだと思うよ。それに僕だって背は伸びてるんだけど」

少しだけだけど、と小声で付け加える。

ファラはぐりぐりと自分の頬をスイの頭に押し付けた。

「前よりちょうどいい位置。頭の位置も少しだけ近いよ」

「少しだけとか言わなくていいからね」

「主様《あるじさま》の頭さらさら～」

「……聞いてないのかな？　ねぇ、ファラ？」

そう言いながらもされるがままのスイ。

エイトスは一つ咳払いした。

「なんだか、金龍とは以前よりもずいぶんと心安い関係になっているようだね、スイ」

「ファラが幼くなったのかもね」

「むー！」

そう言ってスイに抱きついて頭を押し付けるファラ。スイに甘えるのは相変わらずだが、以前よりも無邪気な態度だ。

ノルーシャの家で子供の姿を取っていたことで態度も子供のようになっていた。以前のように気を張って接するファラの姿はすでに微塵《みじん》もない。

スイは今の方がファラらしいと思う。また、ファラもこの方が気楽なのだ。

ともあれ、スイはファラに聖典を見せて問いかけた。

「ファラ、これ知ってる?」

ファラはしばらく眉間《みけん》に皺《しわ》を寄せて考えて、答えた。

「んー、知らないよ?」

「そっか。これってファラのことを指してるんじゃないかなって思ったんだけど」

そう言いつつ、スイもファラが知っているとは思っていなかった。

伝承やお伽話《とぎばなし》の類は、本人の知らないところで語られるものだ。ましてやこの聖典は長く人目にさらされなかったものである。それに、ファラが神として扱われることを好むとは思えず、興味もないだろうと思ったのだ。

聖典に興味を持ったスイは、エイトスに尋ねた。

「エイトスさん、聖典って僕が読んでも問題ないですか?」

「あぁ、構わないよ。持ち出しは困るけれど、部屋で読むなら貸し出そう。ただ、あまりのめり込むのはオススメしないよ。『名も無き神』の教えは、些《いささ》か過激なところもあるからね」

「過激、ですか？」

「あぁ、そうだね。最終章の最終項にある、『世界の救済』。そこに書かれている内容は、まるで世界の終焉《しゅうえん》を願っているようだからね」

「そ、それは……気をつけます」

聖典に世界の終焉《しゅうえん》が書かれていると考えもしなかったスイは、顔を引き攣《つ》らせた。

ともあれ、一度目を通してみるのもいいかもしれない。そう考えながら、スイはファラに抱きつかれたまま礼を言い、二人を驚かせるのであった。

◆◇◆◇◆

スイがヴェルディアを離れていたこの二年間、ヴェルディア魔法学園は大きな変化を迎えていた。

七十年前の魔導戦争時のように、魔法学園が軍事拠点化されたのである。

縦並び三列の学園の建物のうち、門から入って最も手前にある第一棟は、ブレイニル帝国軍とヴェルディア王国軍の駐屯地として利用されている。学園寮の一部はブレイニル帝国軍用に切り替わった。

これは、政情悪化による民衆の不安払拭と、ヴェルディア王国軍とブレイニル帝国軍との連携を円滑にするための措置であった。

ヴェルディア魔法学園のブレイニル帝国軍駐屯地に、ユーリ、タータニア、アーシャ、ミルテアの四人が来ていた。

自分の執務室として割り当てられた一室に入ったユーリは、アーシャとミルテアに入寮許可を与え、タータニアに二人の案内を頼むと、すぐさま書類の山との格闘を始めた。

「ふぅ、少し留守にしていただけなのに、こんなに溜まっているなんて」

ブレイニル帝国の女帝、『狂王』アリルタ・ブレイニル・メトワの腹心にして、近衛師団の師団長。それがユーリの正式の肩書だ。ちなみにタータニアも近衛師団に所属している。

本来不在にするはずのないユーリが帝都を離れた結果、未処理の仕事が山積して報告書が大量に積まれる事態を生み出したのである。

首の疲れを解《ほぐ》すように天井を仰ぐユーリの耳に、乾いたノック音が響いた。

「お疲れ様です、ユーリ様」

部屋に入ってきたのは、元ブレイニル帝国軍隠密部隊の一人であり、今ではユーリの直属の部下、ディネスだ。この『移植魔眼《いしょくまがん》』を有する浅黒い肌の持ち主は、現在ヴェルディアに駐留するブレイニル帝国軍の中で司令官に近い立場にあった。

「本当に疲れちゃったわよ。自由になった気がしないわ」

頬を膨らませるユーリに苦笑しつつ、ディネスは一枚の報告書を差し出した。

まだ仕事させるつもりなのかと責めるような視線を浴びせながら、ユーリはそれを受け取って――すっと目を眇《すが》めた。

「……この報告、本当なの？」

「この三日ほど、同様の報告が各地から寄せられています。どういうわけか、『魔獣』の姿が見られない、と」

「……狩り尽くした、なんて甘い展望よね」

「それは考えられないかと」

「となると……人為的に『魔獣』が隠されている可能性があるわね。つまり、何者かが『魔獣』を操っている」

ガルソ王国内で起こった『魔獣』の襲撃はユーリも知っている。スイが出会ったとされる『魔人』が『魔獣』を操っているという情報もあった。その関連性は定かではないが、無関係とは思えない。

「アルドヴァルドに忍び込ませた密偵から報告は？」

「それが……まだ確かとは言えないものですが、アルドヴァルド内で政変が起きている可能性がある、と」

「政変……？　確か国王はリアネル・ノストラよね？　代替わりでもしたの？」

「いえ、そういうわけではないようです。貴族家がそれぞれに動きを見せているようですが、詳しい内情はわかりません。あの国の内部に食い込むのは難しく、王への忠誠心はどの貴族も深いですから」

「……まるで神を崇《あが》めるような国、だったわね」

誰もが王を崇《あが》めるなど、それはまるで洗脳や宗教ではないか。それがユーリのアルドヴァルド王国に対する印象であった。

「私達と睨み合っている中で政変が起きたのなら、普通は争いを中断するために交渉してくるはずよね。でもそれをしない、ということは、アルドヴァルド王国も一枚岩ではないのかもしれないわ」

「戦争を起こしたがっている勢力とそうではない勢力がいる、ということでしょうか？」

「……有り得るけれど、今は憶測の域を出ないわね。いずれにせよ、突き崩すのなら内部が不安定になっている今しかない。ここが正念場ね。増員も視野に入れて動いてみて」

「わかりました、すぐに部下を動かします」

「えぇ、よろしく。『魔獣』については、明日バレン陛下と謁見《えっけん》するとき協力を依頼するから、部隊の人数はアルドヴァルドの調査に割《さ》いて構わないわ」

「はっ、では早速。失礼します」

退室した部下を見送ると、ユーリはくるりと振り返り、緑色の水晶が嵌《は》め込まれた魔導具に話しかけた。

「――盗み聞きとは趣味がよくありませんよ、陛下」

《クックックッ、なんだ。気づいておったのか、ユーリ》

「ええ。魔力の揺らぎを感じたので」

魔導具から発せられた声の主は、アリルタであった。

通信用の魔導具を起動し、声をかけずにディネスとの話し合いを聞いていたらしい。ユーリもそれに気づいていたが、ディネスが必要以上に緊張してしまうからそのままにしておいたのである。

《やっと、ヴェルにやってきたと思ったら、早速面白い話をしているようだな》

「まぁ、報告の手間が省けるのは有り難いのですけれどね」

アリルタのくつくつという笑い声が聞こえ、ユーリは苦笑する。そして、スイと合流して得た情報について改めて報告をした。

『断崖《だんがい》の魔女』が味方についたことにはアリルタも驚いたようだが、それ以外の反応は薄かった。

しかしそれは興味がないからではなく、思考を巡らせるときのアリルタの一種の癖のようなものである。

「――大まかには以上になります。それと一応確認ですが、アルドヴァルド側から交渉の話は届いていませんか？」

《うむ、来ていないな。しかし、彼の国で何かしらの混乱が生じているのは確かであろうな。もっとも、アルドヴァルドから連絡があるとすれば宣戦布告ぐらいなものだが》

「内部の混乱を放置してまで、ですか」

《混乱しているからこそ、とも言えるであろう。国内情勢が不安定であるほど、急進的な勢力に権力が集中するのは世の常だ》

「背後を狙われそうなものですけれどね」

《それでもやらねばならない状況なのであろう。妾《わらわ》が『狂王』の名を戴《いただ》くまではそうであったように、な》

アリルタの言葉にユーリの柳眉がぴくりと動いた。

「国王の代替わりでさえ行われていないのに、ですか？」

《現王が病に伏しているか、それとも何らかの政権交代の可能性が生じているのか。いずれにせよ、停戦や時間稼ぎの申し出もないのであれば、早晩動くのは必至であろうな》

アリルタの意見に、ユーリは嘆息してこめかみを押さえた。

「動く」とは、アルドヴァルドが本格的に攻め込んでくるということだ。これまでは一当てして下がるか、秘密裏に動くかという形でしかなかったアルドヴァルド王国がついに本格的に攻め込んでくる可能性が高まったのだ。

そうなれば、最初の戦場は海を挟んだ近隣国――このヴェルディア王国になるだろう。

「こればかりは確証が云々とは言っていられませんね。バレン陛下にも伝えておくべきでしょう」

《妾《わらわ》の見解であると言えば良かろう。妾《わらわ》の予感は外れん。ヴェルディアは間違いなく戦場と化すぞ》

「はぁ……、まったく。頭の痛い話です。それで私はどうすれば？　このまま軍の指揮を執ろうと考えていますが」

《いや、スイと行動を共にしておくといい。ヴェルディア駐留軍の指揮にはブレイニル大陸からカーサ将軍を向かわせる。おそらくこの戦いはスイと同行するお主の動きが重要となるであろう》

「……スイ君と一緒にいる方が重要なの、ですか？」

アリルタの発言の意味がわからず、小首を傾げたユーリが尋ね返す。

スイの目的である『魔女』とアルドヴァルドの関連性は不確かである。スイと一緒に動いていては、戦争に貢献できるはずもない。

そんなユーリの疑問を察して、アリルタが言う。

《ふむ、気づいていなかったのか？》
「気づいて……？」
《彼の国は、歴史を改竄《かいざん》し、『銀の人形』を解放した。そして、二年前からスイを狙って刺客を放っている。この二つの繋がりが偶然である、と？》
「……ッ！」
偶然ではないとすれば、一体どういうことなのか。
その答えを出す明確なヒントがある。スイと敵対する構えを見せ、『宝玉』を奪ったとされる『光牙《こうが》の魔女』レシュール。彼女がアルドヴァルドの背後にいる可能性――
《背後にいるか頂点にいるか、どちらにせよ『魔女』の介入は間違いない。妾《わらわ》の敵もまた『魔女』であったというわけだ。それがスイと同行せよと命じた理由だ》
アリルタは「故に」と付け加え、話を続けた。
《戦いには『魔女』が直接参戦してくる可能性が大いにある。アルドヴァルドへ『魔女』の首を獲りにいくスイに同行し、その手助けをすれば、これ以上の功績はあるまい？》
アリルタの読み通りであれば、ユーリがスイに付くことは、スイにとってもブレイニル帝国にとっても、プラスであるといえた。
アリルタが、魔導具越しに愉悦《ゆえつ》の声を漏らす。

《ククッ、まったく。ここに来て全てが整うとは、やはりスイに唾を付けておいたのは正解であったようだな》

「……陛下、唾を付けるなんて言い回しはどうかと思いますが……」

《なに、事実であろう。さて、ユーリよ。次にお前のやるべき仕事はわかっておるな？》

巫山戯《ふざけ》つつ、アリルタはユーリに次の行動を促す。

「ぇえ、勿論です。明日、ヴェルディア王バレンに謁見し、戦争の準備を進めます」

《うむ、期待している》

一方的に通信が途切れると、ユーリは深くため息を吐いた。

そして、いつの間にかその場にいたアーシャに声をかける。

「聞こえたでしょ？　今の話」

「ぇえ、もう伝えてあるわ」

アーシャは窓枠に腰掛け、外を見つめたまま答えた。

こうして、ユーリとアリルタとの間で交わされた密談は、アーシャを通して、今まさにアルドヴァルド潜入中のアンビーに伝えられるのであった。

◆◇◆◇◆

「……まいったね、光明《こうみょう》が見えた途端に手詰まりだなんて」

アンビーの力ない言葉が零《こぼ》れる。

ここは、アルドヴァルド王国の王都アクアリル、その中央に位置する塔の最上階の一室である。

以前この場所には結界が張られ、転移してくることはできなかったが、今はどういう訳かそれが可能になっていた。

アーシャを通して伝わった、アリルタの推測。それを確かめるためにも、アンビーはこの好機を逃すまいと侵入を果たした。裏で糸を引いていると思しき存在を求めて――

しかし、部屋の中はもぬけの殻であった。

魔力の残滓《ざんし》を調べてみても、充満する光と闇の魔力、そして火の魔力が僅《わず》かに感じられるだけで、ここにいた人物を特定することまではできない。

シャムシャオが眉を顰《ひそ》めて口を開く。

「おかしい、ですね」

「そうだね」

「この場所には光と同じように闇の魔力が充満しています。レシュール様以外に、シア様がここにいた、ということになります。シア様には、〈狂化〉の進行が色濃く出ていたはずです。マリステイス様が封印を施したものの、目を覚ませば即座に〈狂化〉の最終ステージを迎えかねない状態でしたが……」

アンビーが暗い顔をして言う。

「……そう、その通り、シアがここにいることは……」

「えぇ、有り得ません。もしシア様が目を覚ませば、この地は『死の大陸』と同じ運命を辿ってもおかしくありません」

アンビーは苛立ちを隠せず、乱暴に頭を掻いた。

「……チッ、わからないことが多すぎる……！　スイ君を殺そうとしたり、『宝玉』を奪ったり。その上、二人とも消えてるなんて。そもそも〈狂化〉は抗《あらが》ってどうにかなるものではないというのに！　私達は世界を滅ぼしかねない危険な存在だ！　今さら生き存《なが》らえたいと思うことなど、有り得ないだろうに……ッ！」

シャムシャオは、ただ沈黙していた。

敬愛する師が解放を望む姿を、永きにわたって見続けていたのだ。アンビーの焦燥は痛いほど理解できた。

——そのときだった。

「そう、私達には時間がない。だからこそ、最期の瞬間を迎えるまで抗《あらが》い続ける必要がある」

抑揚のない静かな声。

その場に静寂が訪れた。

窓から射し込む陽光が遮《さえぎ》られて室内は薄暗くなり、闇が広がる。

その闇の奥に向けたアンビーとシャムシャオの視線を受け、黒髪の女が乾いた音を鳴らしながら、ゆっくりと姿を現す。

アンビーが声を上げた。

「……シア……？」

女が淡々と答える。

「えぇ、そうよ。アンビーと、アナタはシャムシャオだったかしら」

「……どうして、どうしてキミが生きている……？」

シアは驚くシャムシャオを一瞥すると、アンビーを見つめた。

「珍しいわね、アンビー。アナタがそんなに怖い顔をするなんて、らしくないわ」

温度差のある二人。会話がまるで噛み合っていない。

怒気を露わに睨みつけるアンビーは、確かにシアが言う通り彼女らしくなかった。

「いいから答えるんだ、シア……！　キミが目覚めているのに〈狂化〉の最終ステージを迎えていないなんて、有り得ない！」

「有り得ないなんてことはないわ。実際、私はこうして生きているのだから。いいえ、正確には、レシュールに願いを託されて生かされた、と言うべきなのでしょうね」

「生かされた……？」

「そう、生かされた。レシュールとヒノカの残された時間を〈継承〉して、三つの『宝玉』を取り込んで、私という一人の『魔女』は生かされたの」

「〈継承〉、だって？」

訝《いぶか》しむアンビーへ、シアは小さく頷く。

「私達が先代から『魔女』の力を受け継いだように、あの二人から全てを受け継いだの。残された時間も、『魔女』としての呪い——〈狂化〉も。そして、三つの『宝玉』も一緒にね」

目を見開くアンビー。シャムシャオも呆然としている。

確かに『魔女』は先代から魔力を〈継承〉してきた。それを続けることで〈狂化〉を回避してきたのだ。だが、繰り返されることで、その進行は早まっていく。

そうしてアンビー達は、最後の『魔女』となる決意をした。このままでは遠くない内に限界を迎えてしまうから。

しかし、シアは二人の『魔女』の力を〈継承〉して生き存《ながら》えている。

『魔女』から『魔女』への〈継承〉。『宝玉』の力を利用する方法を、レシュールが可能にしたのよ」

「『宝玉』の力を利用なんて、そんなことまでしてどうして……」

「だから言ったはずよ、アンビー。私達は抗《あらが》わなくてはならない、と。命を懸けて時間を作り、託してくれたあの二人のために――」

3　再会

スイとタータニアがヴェルの街を歩いていた。タータニアの話を聞いたスイが驚きのあまり声を上げる。

「魔法学園が軍部の拠点と合併した？」

「えぇ、そうよ。魔導戦争当時の役割を一時的に復帰させたって話だけど、私達ブレイニル帝国軍の監視も兼ねてってところじゃないかしら」

「ふーん。じゃあ、タータニアさんもアーシャもミルテアさんも、住まいは学園寮になったってこと？」

「まぁ一時的に、だけどね。私とユーリはスイと一緒に動くことになるから、この街を出るならすぐに引き払うことになるもの」

「そんなに簡単に軍から離れて大丈夫なの？　軍規違反とか」

「陛下――アリルタ陛下から許可をもらっているから問題ないわ」

「そうなんだ。なんかタータニアさんが『アリルタ陛下』って呼ぶのはすごく違和感があるね」

「……スイの中での私の印象って――やっぱいいわ。私自身、この二年で色々と変わらなきゃって思って、実際に変わってきたもの」

物騒な話題から始まり、心安い友人関係らしい話題へ切り替わっていく。

二人はヴェルディア王城へ向かっていた。ユーリからバレン王との謁見に同席してほしいと頼まれたタータニアに、スイも連れ出されたのだ。

スイとしても渡りに船だった。昨日イルシアから聞かされた、王城の書架の存在を確認するには、国王に直接尋ねるのが近道だからだ。

「それにしても、アルドヴァルド王国の裏に『魔女』がいる、かぁ」

「ええ、アリルタ陛下の見解ではそうだって話よ。アーシャを通してアンビーさんにも伝えられ、今は裏を取るために動いているみたい」

「そっか。僕らは図書館で『魔女』について調べてみないとね」

徐々に明らかになりつつある黒幕の正体。

それでも何故『魔女』がスイを狙い、〈狂化〉からの解放を望まないのか。その理由については何も判明していない。

三人の『魔女』の内、レシュールに狙いを絞っているのも、彼女がマリスティスに個人的な怨《うら》みを抱いている、というアンビーの情報があるためだが、それだけしかない。

どうして『魔女』でありながら、〈狂化〉からの解放を邪魔立てし敵対するのか。

その理由がもしも〈狂化〉によって世界を滅ぼそうというのなら、とっくにそれを選んでいるはずである。それをせずにこの時代まで生き延びてきたのはなぜか。そこに辿り着くどころか、きっかけすら見つかっていない。

当事者であるスイだけが、その内側に入ってはいけないと仕組まれているように思えて、奇妙な違和感が纏《まと》わり付く。

「タータニアさんは、レシュールが僕を敵視する理由について、何か思いつく?」

唐突なスイの質問に驚き、タータニアは顎に手を当てて考え込む。

「んー、さっぱりね」

「…………」

「何よ、その目。なんかすごく見憶えがある。昔そんな目された気がすごくするんだけど。ねぇ」

「え、そんな失礼な目をしてきた人がいたの？」

「……ヘェ、つまり今アンタは自分の目つきが失礼だって認めたってことね。しかも昔されたというのもアンタのことだからね、スイ！」

「あははは」

「笑って誤魔化すんじゃないわよ！」

タータニアと笑い合いながらも、スイの頭の中は先ほどの違和感が支配していた。

――何かがまだ、見つかっていない気がする。

パズルのピース。

それも大事な一つがないのに完成しつつあるような気味の悪さ。スイはタータニアをからかいながら、気のせいだと自分に言い聞かせていた。

そうして歩いている内に二人は貴族達の住む区域へ足を踏み入れた。

唐突にスイが立ち止まる。

「スイ」

「……えっと、シルヴィさん？」

そこに立っていたのは、スイの同級生で淡いピンクがかった白いワンピースに身を包んだフェルトリート侯爵《こうしゃく》家令嬢――シルヴィ・フェルトリートであった。

トレードマークのツインテールは肩口で切られ、左側だけを纏《まと》めて結うサイドテールに変わっている。二年前に比べ、身長が伸びて少し大人っぽくなっている。細く華奢《きゃしゃ》だった身体も、ずいぶんと女性らしく成長しているようであった。

笑みを浮かべて歩み寄ったシルヴィが、二人の前で足を止めた。

「久しぶり。髪伸びたのね」

「うん、久しぶり。シルヴィさんは、随分と髪を短くしたんだね」

「うん、魔法を使うのに不便だったから。タータニアさんもお久しぶり。ブレイニル帝国の騒動以来、ね」

「えぇ、お久しぶり。こうしてブレイニル帝国軍に所属してここに戻って来ることになるなんて思ってもみなかったわ」

「私だって想像しなかったわ。それに、あの頃の男の子みたいだったアナタが女性らしい服とか喋《しゃべ》り方をするようになるなんて思ってなかったしね」

さり気なく当てこするシルヴィ。その言葉にタータニアは苦笑を浮かべつつも、「同感だ」と告げ、今の自分の服装を改めて確認するように目を向けた。

タータニアの服装は上着に胸当てこそついているが、下は白いスカートに黒いスパッツ、白のニーハイソックスと編み上げのブーツという女の子らしい服装だ。当時の自分なら、まず間違いなくスカートは穿《は》かなかっただろう。

余談だが、この服はユーリにコーディネートされ、制服として勝手に決められたものである。制服とは言うが、ユーリの気まぐれによって変わり、すでに二年間で五回変更を言い渡されている。着せ替え人形化していると愚痴《ぐち》るタータニアだが、男勝りな自分とは違い、女性らしいユーリのセンスには学ぶものがあるので、それを受け入れていた。

シルヴィとタータニアは『光夜祭』以来の再会だ。かつてタータニアは、スイをおびき寄せるためにシルヴィを人質にしたことがあったため、二人の関係は芳《かんば》しくなかったが、すでに二人の間に蟠《わだかま》りはない。

旧友との再会に感動するスイであったが、スイ以上に心動かされていたのがシルヴィである。

かつてのスイは掴み所がなく、冷たい態度で他者と距離を取っていた。それがずいぶん柔らかくなっていた。しかし腑抜けてしまったわけではなく、瞳に宿した光には強い意志を感じる。

「旅に出て良かったみたいね、スイ」

「ん？　うん、そうだね。色々とプラスになったと思うし、目標だってできたからね」

笑いながら答える姿は、二年前と比べるべくもない。スイが遠く離れた存在になってしまったようで、シルヴィは胸にちくりと刺さるような痛みを感じていた。

改めてスイがシルヴィアに問う。

「それで、どうしてこんな所に？　学園は今日は休みのはずなのに」

「アナタ達が来るってお父様に言われて、ここで待っていたの。王城に入るには私が同行しているほうが楽だろうし、せっかく帰ってきたんだから挨拶したらどうだって言われて」

「そっか、ありがとう。じゃあお言葉に甘えさせてもらおうかな」

「えぇ、任せて」

離れていた時間の中で、スイに一体何があったのだろう。自分が知らないその時間を埋めるように話を聞くシルヴィ。彼女が先導する城までの歩調は、ずいぶんゆっくりとしたものであった。


三年前、初めてこの王城に来たときはこんなに物々しい空気ではなかった。

スイが王城に入って最初に抱いた感想はそれだった。

当時はシルヴィの父――フェルトリート侯爵アーヴェンに連れられて来た。豪奢《ごうしゃ》さや見たことのない世界に驚き、圧倒されたが、その雰囲気とは全く違う。

スイが襲われた『光夜祭』と、二年前にスイが旅立つ原因となった襲撃事件の舞台となったのは、この王都だ。魔導戦争以来続いていたこの地の平和は、たった一年で崩れてしまったのである。

縮小気味であった軍部はブレイニル帝国軍の協力によって勢力を拡大している。かつての平穏なヴェルディア王国は遠い過去に思える。

ヴェルディア魔法学園は、軍部の訓練校としての側面を強めていた。

花形と呼ばれた『騎士科』と『魔術科』は、今では実戦形式の授業という名の訓練が実施され、上級生は『魔獣』討伐にまで駆り出されている。

『執務科』は合流したブレイニル帝国軍の軍服の洗濯や修繕が授業として組み込まれ、『商業科』は経理仕事の助手などをさせられている。

『工業科』は傷んだ装備の修理や武器の製作、防具の修理などに参加し、『研究科』では様々な要望を受けて実用化できる物を求められ、日々製作と実験を繰り返している。

シルヴィは、その変化に適応していた。

この二年間、ヴェルに残ったシルヴィと、ヴェルを離れたスイの間には、決定的な価値観の違いと変化が生じていた。スイは気づいていないが、シルヴィはそれを思い知り、スイとの距離を感じた。

シルヴィは、そうした思いを抑えながら、ようやく城の一室――バレンの執務室の前までスイ達を連れてきた。そして、気持ちを切り替えようと大きく深呼吸してノックする。

「シルヴィです。スイとタータニア・ヘイルンさんをお連れしました」

中からくぐもった声で「入れ」と言われ、中へ足を踏み入れる。

――その瞬間、タータニアは腰のナイフシースにしまっていた短剣を引き抜き、スイは暴力的とも言える魔力量の紫電を右手に纏《まと》わせて反転した。

部屋の入り口から見えないように隠れていた騎士二人が、腰に下げた剣の柄に触れたまま動けず、驚愕《きょうがく》に目を剥《む》いている。

驚いたシルヴィが声を上げる。

「スイっ⁉　タータニアさんっ⁉」

「そこまでよ、二人とも」

奥にある机に座っていたバレンは悔しげに顔を顰《しか》めている。声をかけたのは、同室していたユーリである。彼女はくつりと笑っていた。

「陛下、賭けは私の勝ちのようですね」

「だーっ、くそっ！　お前ら、あっさりやられ過ぎだぞ！」

「え、えっ？」

未だに狼狽《うろた》えているシルヴィ。スイとタータニアは二人揃って戦闘態勢を解いた。そして、ユーリとバレンの会話からどういった話が設けられたのかを把握し、嘆息した。

「シルヴィ、驚かせてすまなかったな。ちょっとした余興のつもりだったんだがな」

「スイ君とタータニアさんの実力を知りたいって言うものだから、サプライズを仕掛けてみたのだけれど……、危うく二人の犠牲者が生まれるところでしたね、陛下？」

「おいやめろ。ウチの騎士に恐怖心を植え付けんな」

バレンとユーリの余興で誰が一番被害を被《こうむ》ったかと言えば、スイの右手を突き付けられた騎士だろう。

バチバチと音を立てる紫電を帯びた手が甲冑に叩きつけられる寸前の位置で止まっているのだ。少しでも触れれば鎧越しといえど鳩尾《みぞおち》を抉《えぐ》られていただろう。

タータニアの相手をした騎士も、短剣が自分の喉に突き付けられていた。王の護衛をしているという矜持《きょうじ》は、ポッキリと折れてしまっていた。

「まぁいい。スイ、それにタータニアだったか。悪いな、付き合わせて。よく来てくれた。――あぁ、お前らは下がっていいぞ」

有無を言わさず追い出された騎士達。彼らが退室して扉を閉めたところで、ユーリがふっと笑って肩を竦《すく》めた。

「これで良かったのですか？」

「なに、あれでも近衛騎士としてはそれなりに実力のある連中だからな。大きな戦を前にしている以上、今の内に痛い目を見ておいたほうがいいだろう。鍛え直そうって気が生まれれば重畳《ちょうじょう》、折れて腐るならそれまでだ。戦争が始まったら、死ぬだけだろう」

「へ、陛下。あの、今のは……？」

「あぁ、巻き込んですまないな、シルヴィ」

バレンはシルヴィにもわかるように今回のゲームの趣旨を説明した。

ブレイニル帝国軍とヴェルディア軍の協力に当たって、代えが利かない騎士の存在がある。それが今しがた、スイとタータニアが入室したときに殺気を当てた「近衛兵団」である。

王家の盾である彼らはブレイニル帝国軍との演習や合同訓練には参加できない。そのせいか少々増長している傾向があったのだ。そんな彼らの目を覚まさせるには、年端《としは》のいかない実力者という存在はちょうどいい。そこで、スイとタータニアを利用させてもらった、というわけである。

室内に入ったら遠慮なく脅かしてやれ、というバレンの煽《あお》りを素直に受けた彼らは、忠実にそれを実行し、見事に封殺されたのである。

「――事情はわかりました。けれど、王が鍛えよと命じれば彼らとて素直に従ったのではありませんか？」

「その答えの代わりに、一つ問題を出そう。――もしもブレイニル帝国で同じような事態になれば、間違いなく彼らは王の指示に従うだろう。だが、ヴェルディアでは王の命令を素直に聞こうとはしない。その理由を挙げよ」

侯爵家の令嬢であり、今後のヴェルディアを担うであろうシルヴィに王は問う。スイとタータニアもまたその答えを出そうと、思考を巡らせていた。

シルヴィが口を開いた。

「……『狂王』の名、でしょうか？」

「ふむ。確かに『狂王』の持つ響きは偉大であろうが、恐怖で部下を従わせれば反発を生むだろう。惜しいが、ハズレだな。もっと単純なものが答えだ」

バレンのヒントで答えにたどり着いたのか、ユーリが「なるほど」と呟く。しかしシルヴィの答えを待つバレンは、ユーリの答え合わせは後回しだと視線で告げ、シルヴィを見つめた。

それでも答えられず困惑するシルヴィを見て、バレンがゆっくりと口を開いた。

「今回は答えられなくても良い。考えてもらうために出した問題だからな」

「え？」

「シルヴィ、これからお前は時代の転換点を見ることになる。ブレイニルと同盟を組み、アルドヴァルドとは戦争を起こす。侯爵家の人間として――王国を支える一人の貴族として、こうした視野もあるのだと理解しておくといいだろう。貴族であるとはそういうことだ。覚えておくといい」

「……はいっ」

貴族として社会的に高い地位を確約されているからこそ背負うもの。それが貴族の負うべき義務――ノブレス・オブリージュだ。民を導き、義務を果たすには、あらゆる側面から物事を考え、答えを導き出さなくてはならない。

バレンは今回の騒動を通して、シルヴィにそれを伝えるために、こうして考えさせたのである。

「さて、答え合わせだ。どうしてブレイニルなら素直に言うことを聞き、ヴェルディアではそれができないのか。その答えは単純でな。――この国が長らく平和だったから、だ」

「平和過ぎたから、ですか？」

「その通り。ブレイニル帝国では良くも悪くも力がなくては生きていけぬ。強者は弱者を喰らい、弱者は強者を出し抜いて這い上がる。そうした環境では、上からの命令は即座に実行される」

リブテア大陸と周辺諸国を呑み込み、一大帝国を作り上げたブレイニル帝国。三年前にはブレイニル大陸全土を傘下に収めていた。

「――しかしヴェルディア王国は、七十年前の魔導戦争以来戦いには参加していない。物資や戦力数で言えば確かに大国の名に恥じぬものはあるが、練度となるとその限りではない。研《と》がれていない牙では獲物を狩れぬのだよ。まして、自分が戦うことを想像できなければ、今の実力で満足してしまうのだ。それが、この国の抱える戦力の欠点というわけだ」

例えば今のヴェルディア王国の騎士ならば、暴徒を取り押さえられる程度の能力で良い。近衛兵団ならば、騎士に負けぬ実力さえあればいいというのが実情であった。

外敵との戦いから離れたヴェルディア王国の弊害とは、危機感を身に迫るものとして持てないことだ。近衛兵団には一度痛い目に遭ってもらう必要があった。だからスイとタータニアにけしかけたのである。

「おっと、いかん。つい長くなってしまった。悪いな、スイ、それにタータニア。非公式な会談だから、気楽にしてくれ。そこの椅子に座るといい。シルヴィ、悪いんだがレイアを呼んできてくれないか？　私室にいるはずだ」

シルヴィを見送りつつ、バレンは先ほどのスイとタータニアの動きを思い返していた。

タータニアの動きは確かに剣の扱いに慣れている者であった。

反応の速さ、正確な狙い、そのどちらも年齢の割にあまりにも洗練されている。たゆまぬ努力と才能を有した、紛れもなく天才の部類だろう。

国王として剣を学んできたからこそ、殊更《ことさら》そう感じた。

だが——とスイを見やる。

三年前、娘のレイアと手合わせした姿は見たが、今の動きは魔法使いのそれではなく、明らかに体術を併用したものだ。それも一人前の騎士が反応すらできない速さで繰り出され、さらには手に紫電を纏《まと》うなど聞いたこともない魔法の扱い方である。スイがノルーシャのもとで修業をしていたとは聞いていたが、これもその賜《たまもの》であろうか。

垣間見える『魔女』の力の一端を前に、バレンは驚愕するとともに、強力な味方を得た確信に思わず頬を緩めた。

「すまなかったな。せっかくの再会だってのにこっちの事情に巻き込んで」

タータニアは生真面目に背を正して答える。

「いえ、気になさらないでください、陛下。怪我もしてませんし」

「近衛兵を向かわせたのに怪我すらせずに制圧されるっていうのも、一国の王としては複雑なんだが……まぁそれはさっき言った通り、アイツらにはいい薬になっただろう。戦争までもうあまり時間は残されていないのでな、感謝する」

そこで一度言葉を区切り、バレンはスイを見つめた。

「『螺旋《らせん》の魔女』からスイを託されて十三年。俺もさっきの近衛と同じく、平和ボケしていたのは否めない。そのせいで、他国がこの街に踏み入ることを許し、お前を守れなかったんだからな。本来なら俺も偉そうなことは言える立場じゃないのさ。まぁ、侵攻された二つの事件にここにいる二人が関わっているんだから、奇妙な話だがな」

エヴンシア王国の画策と、ブレイニル帝国の襲撃。

タータニアは気まずそうに顔を引き攣《つ》らせ、ユーリは知らぬふりで手元にあった紅茶を飲んでいる。揶揄《やゆ》するバレンとそれぞれの反応を見て、スイは苦笑を浮かべた。

「ノルーシャ様から聞きました。僕は陛下に預けられ、この街の孤児院で暮らすようになったのだ、と。感謝こそすれ、守ってくれなかったなんて責めるつもりはありません。そもそも僕がいなければ騒動は起きてなかったというか……」

「確かにお前がいなかったら騒動は起きてなかったかもしれない。だが、その代わりブレイニル帝国の支配下に置かれていた可能性もある。そうだろう、ユーリ殿?」

「それは否定できませんね。スイ君はアリルタ陛下のお気に入りですし、だから敵に回したくないという思惑もあったのでしょうから。スイ君がいなければ敵と見なし攻め入っていたかもしれません」

「ま、俺もあの女傑《じょけつ》に会ってきたからな。それは重々承知しているさ」

私情を全て排してメリットとデメリットを天秤《てんびん》にかけ、判断する女帝。バレンは、アリルタは自分と思考が近いが、自分よりも尖った存在だと認識している。

ユーリの言う通り、スイがいなければ、この大きいばかりの平和ボケした国など、敵対しても構わなかっただろう。自分に似ているアリルタは、そうするだろうとバレンは確信していた。

「まぁ、本題に入ろう。話はユーリ殿から聞いている。この戦争に『魔女』が関わっていると。正直に言っちまえば、『魔女』とやり合うなんていくらなんでも厳しすぎるんでな、悪いが助力できそうにない。だが、戦争に関しては、お前達に参加しろと言うつもりはない」

「戦争はブレイニル帝国軍とヴェルディア王国軍に任せて、私達は背後で糸を引いている『魔女』を直接狙う、という形になるわ。もっとも、アンビーさんの報告で確信が得られれば、だけれども」

アルドヴァルドの後ろに『魔女』がいるというのは、まだ推測であって確証はない。しかしスイ達の目標は定まっていた。

バレンが告げる。

「ま、それが俺からの話ってヤツでな。今日お前さんが来てくれてちょうど良かった。コイツを渡そうと思って、な」

彼が机の上に置いたのは、見憶えのないコインだ。王国貨幣ではない金と銀の二枚のコインに、全員の視線が集まった。

「これは？」

よくぞ訊いてくれたとバレンが胸を張り、両腕を組んだ。

「こいつはな、ヴェルディア王立図書館の、もう一つの『禁書階層』に入るための鍵だ」

「もう一つの、『禁書階層』？」

「そうだ。王立図書館の『禁書階層』って言えば、三年前にスイに立ち入りを許した場所だがな。実は王立図書館には最上階の他に、地下にもう一つの『禁書階層』があるのさ。そこには、所持も閲覧も禁止されているヘリンの時代の書物やらが隠されている」

その書物とは、魔導戦争後に処分されたはずの書物だ。昨日エイトスやイルシアから聞いた王城の書架とはつまりこのことである。

ユーリとタータニアは驚いたが、スイの反応は薄く、バレンは拍子抜けしたというふうに肩を竦《すく》めた。

「お前は驚かないのか？」

「驚きましたけど、むしろ納得できるような気がして」

「納得？」

スイが話していいものかとちらりと窺《うかが》うような視線を向けると、ユーリはスイの考えを察し、成る程と手をポンと叩いた。

「大丈夫よ、スイ君。バレン陛下はガザントールの地下を知っているわ」

「ガザントールの地下ってーと……、あぁ。そういうことか」

バレンも答えにたどり着いたようである。未だに納得ができないタータニアに説明するために、スイは改めて口を開いた。

「ブレイニル帝国の帝都ガザントールの地下にエイネスの遺物が保存されていたように、同じく【魔導式エレベーター】がある王立図書館にも過去の遺物が保管されていてもおかしくないと思ったんです。そもそも【魔導式エレベーター】も旧時代の遺物ですし、それが残っているのなら、何かしら仕掛けがあってもおかしくないんじゃないかなって」

補足するようにユーリが続けた。

「そう考えるのは間違っていないでしょうね。あそこには『天啓の標《レムブル》』も保管されているし」

ようやく疑問が氷解して納得するタータニア。

ガザントールとヴェルは似ているのだ。

「じゃあ、このヴェルの地下にもあの装置みたいなのがあるってこと？」

スイの説明を聞いて、タータニアの脳裏に浮かんだのはガザントールの地下にあった装置だ。条件がこれだけ似ているのだから、ガザントールと同様にエイネスの時代に造られた施設なのではないか。

しかしバレンは、その問いにかぶりを振った。

「俺は両方に足を踏み入れたことがあるが、ガザントールの地下にあったような装置はないぞ。広い部屋があったから、書物を隠すために使った。それだけだな」

「それでも、そこには特別な本が――過去の手がかりがあるかもしれないってこと、ですよね」

特別な本が、と目を輝かせるスイ。やはり生粋《きっすい》の本の虫である。そんなスイの態度にそこにいた誰もが苦笑を浮かべる中、バレンがコホンと咳払《せきばら》いした。

「置いてある書物がそれらしいものだとは思えないが……。スイの記憶力ほど俺の記憶は当てにならないがな。何せあそこにあるのは禁書の類なので、率先して読もうとは思わなかった」

「期待し過ぎないように、ということですか？」

「まぁ身も蓋もない言い方をすれば、な。しばらく王立図書館は一般利用を禁止して門番を置いておく。門番にスイの容姿を伝えておけば見間違いはしまい。存分に調べてみるといいだろう。ただ、蔵書はかなりの数だったはずだ。一人では骨が折れるぞ」

蔵書の数が多い、と聞かされたスイが助けを求めるようにタータニアに視線を向けるが、タータニアはそっと目を逸らした。頭脳労働は苦手なのだと言外に告げるタータニアの様子にスイは苦笑した。

ユーリはため息を吐いて告げる。

「タータニアさんはダメでしょうね。ガザントールでも座学になった途端に眠そうにしてて聞こうとしなかったし」

「うぐ……」

「それに私も今すぐ手伝うことはできないわ。興味はあるのだけれど、軍の仕事のほうで色々とやることがあるのよね」

ユーリは読んだことのない書物や旧時代の書に惹かれてはいるが、立場的に難しい。今はブレイニル軍の指示などがあり、時間を割けないのだ。

「ユーリさんも忙しいなら、いっそ……」

そうなると頼れるのはミルテアとアーシャの二人ぐらいだろう。声をかけてみようとスイが思いついたところで、執務室の扉が開かれた。

「――その手伝い、私が引き受けるわ」

バン、と勢い良く開かれた扉から姿を現したのは、長く茶色い髪を揺らす十代後半の女の子。深《しん》窓《そう》の令嬢といった表現が似合う、透き通るような白い肌と整った顔立ち。大人の階段を上る色香が混ざった女性特有の雰囲気を放っている。

見憶えはあるのに、自分が知っている少女と印象がまったく違っていて、スイは戸惑っていた。

彼女の後ろからやって来たシルヴィと、ふわふわと飛んできた天魔の姿を見て、ようやく確信した。

「……レイア、王女殿下？」

「えぇ、憶えていてくれたのね、スイ。久しぶりね」

頬を僅《わず》かに紅潮させて答えるレイア。その姿はまさに恋する乙女である。

三年前、レイアはこの王城で、スイに鼻っ柱をへし折られたことがあった。スイにとってレイアは当時の印象が強い。去り際に彼女が必死に伝えた「結婚」という願いを、スイは「決闘のリベンジ」と理解していた。いや、今となってはスイは覚えてすらいない。

レイアにとっては、スイはいつか結婚してくれると承諾してくれた相手。彼女の勘違いに気づいているのはファラと、レイアの母であるマーシェの二人のみ。マーシェは何度も「スイは気づいていない」と告げていたが、純情な恋する乙女ゆえ聞く耳持たずであった。

顰《しか》めた表情を隠そうともせず、バレンはレイアを一瞥《いちべつ》した。

「立ち聞きしてたのか？」

「いいえ、偶然耳に入ってきただけですわ、お父様。王族が入る場所なら、私が入っても問題ないかと。それに、手伝ってくれるメンバーにアテもあります」

そう言ったレイアは隣にいたシルヴィに視線を送る。シルヴィは頷いて答えた。

シルヴィとのやり取りから、「手伝ってくれるメンバー」に、おおよその見当がついたバレンが頷く。

「そうだな。やってみるといい。ただし、あそこは本来なら王と各貴族家の当主以外には知られてはならない場所だ。協力者を募るのであれば、信頼できる者だけを選び、しっかりと口止めするように」

「ええ、勿論です」

自信ありげに答えるレイア。

かくして王立図書館の地下にある第二禁書階層と言うべき場所へ、赴くことなったのであった。

余談だがこの後、スイはレイアに捕まり――

「どうして旅立つとき声をかけてくれなかったのか」

と延々と問い質《ただ》され、この二年間の話をするようにと拘束されたのであった。

◆◇◆◇◆

ヴェルディア王国の中央部にアラスタという街がある。

周辺一帯にある村落を行き交う行商人が拠点とするため、王都ヴェルや港町よりも人の出入りが激しい。

かつては砦《とりで》の役割を果たしていたアラスタは、街全体が背の高い外壁に覆われており、戦争のないヴェルディア大陸では役割を失っていた。しかしその外壁は、最近になって姿を見せるようになった『魔獣』によって再び存在感を回復している。

外壁の上には見張りがおり、行き交う行商人が『魔獣』に襲われていないか、あるいは街に向かって『魔獣』が来ていないかと、目を皿のようにして監視を続けていた。

そんなアラスタの街を、一人の少女が歩いて行く。金色の長いツインテールを揺らす『魔人』アンジェレーシアである。

大通りから外れた位置にある一軒の建物の前で立ち止まった彼女は、周囲に誰もいないことを確認すると扉に近寄った。

そして独特のリズムでノックすると、扉が開かれ中へ入り込んだ。

薄暗い室内には数名の男女。彼らからの視線を受けて、不機嫌さを隠そうともせずにアンジェレーシアは見返す。

その暗がりの中から、一人の男が声をかけてきた。

「首尾はどうだ」

「問題ないよ。この辺りの『魔獣』は指定された場所に集めといた。合図があればすぐにでも獲物を求めて動くさ」

「ご苦労。ほら、報酬だ」

手渡された紙袋の中には、黄色い液体の入った透明な筒が五本ある。

これが、アンジェレーシアら『魔人』が生きるために必要な薬だ。

「少ないんだけど」

ほんの二年前ならば十日に一本で事足りた。

しかし今では二日しか持たない。それを超えると身体が震え、自由を失ってしまう。徐々に必要な量が増えているのだ。

それが彼女に命を失う恐怖となってのしかかっていた。

そんなアンジェレーシアの訴えを、男は一蹴する。

「そんなこと、俺が知ったことではないな。上から渡されたのはそれだけだ」

「……クソッタレ」

「ククッ、次の任務をこなせばもらえるんだ。しっかり命令にさえ従ってりゃ、戦力を減らすようなことはしないだろうさ。ありがたく思えよ？」

向けられた目は蔑《さげす》みに近い。

まるで家畜を見るような目。そして使えない玩具を見下すような目だ。

アンジェレーシアはぐっと拳を握った。

しかし、その拳を振るうことはできない。

——本当に助けてくれるってわかってれば、こんなヤツら……ッ！

船の中で出会ったシアとのやり取りを思い出す。

しかし、ヴェルディア大陸に着いてから今日に至るまで、未だに彼女から何の音沙汰もない。

湧き上がる怒りを噛み殺し、目を閉じて深呼吸する。そして男を睨みつけた。

「それで、今どうなってるのさ？」

「魔導部隊はすでに上陸してる。あとはお前が集めた畜生どもをけしかけて、俺達もそれに便乗して急襲する。戦争の始まりってわけだ」

「他の『魔人』は？」

「それぞれ大人しく言うこと聞いて『魔獣』を集めてるだろうさ。この近くの主要都市を一斉に襲い、合流したらそのまま王都攻めだ。はぁー、楽しくなってきたぜ、ククッ。派手にやれるって考えるだけで興奮すらぁ」

「……下衆《げす》が」

一言、短く吐き捨て、アンジェレーシアは建物を出た。

再び大通りに向かうと、そこには人々の活気が溢れている。裏で陰謀が渦巻いているなんて、この場にいる誰も気づいていない。

アンジェレーシアの胸がぐっと締め付けられた。

孤児として生まれ、人体実験に利用され、なんとか生き残った。しかし、薬に頼らなければ生きていけない身体になり、目の前にいる人々を苦しめる元凶になっている。

小さな子供が母親に抱きついて笑う姿も、平和そうに談笑する人々の姿も、こんなに近くにあるのに、遠い世界の出来事のようにしか感じられない。

「……はぁっ、はぁっ！　くそ――ッ！」

胸が苦しくて、死にたくなる。

薬の入った袋を投げ捨ててしまおうかという衝動に駆られて振り返ると――

そこには、闇が広がっていた。

「まだ、それを捨てるには少し早いわ」

アンジェレーシアの手が止まる。

闇から現れた、黒いドレスのシアがゆっくりと歩み寄ってくる。

「……ホントに、迎えに来た、のか……？」

「えぇ。それに、アナタ達に詳しい人を連れてきたわ」

「え……？」

シアの後ろにいつの間にか姿を現した、桃色の髪の女性。白衣のポケットに手を突っ込んだまま丸い眼鏡越しに見えた瞳は、憐憫《れんびん》と悲哀に染まっていた。

「その子が、シアの言っていた『魔人』かい？」

「えぇ、そうよ。彼女を苦痛から解放してあげて」

「……服を脱いでもらわないといけないし、それにここから移動する必要があるね」

「わかったわ。アンジェレーシア、アナタを助けてあげるわ。けれど、それができるか調べる必要があるの。協力してくれるかしら？」

「この苦痛から解放されるんだったら、なんでもするッ！　だから……ッ！」

縋《すが》るように声を上げるアンジェレーシア。

その言葉を遮《さえぎ》るように、シアは彼女の頭を撫《な》でる。

「大丈夫。ついていらっしゃい。行きましょう」

そう言ってシアが目配せすると、アンビーはコクリと頷く。

そして、慣れた所作で地面をつま先でトンと叩き、魔法陣を生み出した。

4　第二禁書階層

ヴェルディア魔法学園の校庭では、魔力を纏《まと》ったスイがゆっくりと深呼吸して立っていた。彼の身体から立ち昇る魔力は陽炎のように可視化され、ゆらりと周囲の景色を歪《ゆが》める。

学園の生徒も、鍛錬中の兵士達も遠巻きにその光景を見つめている。彼らの視線を一身に浴びながら、スイの纏《まと》う魔力は淀《よど》みなく漂う。魔力に敏感な者は、その異常ともいえる光景と濃密な魔力に息を呑んでいた。

対峙しているのはアーシャ、ミルテア、ファラ、そして刃引きした片手半剣を構えるタータニアである。人数でいえば彼女達に分《ぶ》があるにもかかわらず、その表情は驚愕と緊張に染まり、冷や汗を掻いていた。

「遠慮なんて必要なさそうね。殺すつもりでいくわよ、スイ」

「アーシャが言うと冗談に聞こえないからね……？」

「冗談じゃないもの」

アーシャはからかっているわけではない。

タータニアもすでに戦闘に意識を集中させて腰を落とし、ミルテアは蒼白な顔で構えている。

実際に、殺すつもりでなくてはスイには通用しないだろう。

それはアーシャだけでなく、タータニアとミルテアも感じていた。初めて目の当たりにするスイの本気を前に、実感させられたのだ。

「じゃあいくよ、主様《あるじさま》ー！」

ただ一人、スイの本気を知っているファラがふりふりと手を振って先陣を切る。

ファラの気の抜けた物言いに、周囲の張り詰めた空気が一瞬緩和したが、次の瞬間――

大きく息を吸ったファラが身体を仰《の》け反《ぞ》らせると、目の前に二つの金色の魔法陣が現れ――勢い良く魔力を放出した。

金色の光の線。

大樹の幹《みき》ほどもあろうかという太さの烈光《れっこう》がスイへ伸びる。

「「――は？」」

何人かが声を漏らした。

膨大な魔力を有した光線は明らかに人に向けて良い威力ではない。

「あ、あれ当たったら死ねる」と瞬間的に察した観衆。

しかし、次の瞬間さらに信じられない光景を見た。

光線に肉薄していたスイが、魔力を纏《まと》った拳を振りかぶり——その光線を殴りつけたのだ。

ドン、と身体を芯から揺らす衝突音。大気が揺れ、光が拡散して霧散する。驚愕の光景を披露したスイは、次の瞬間身体を勢い良く仰け反らせた。

風切り音を奏でて銀色の何かが通過する。ファラの一撃を合図にスイに接近したタータニアの斬撃である。

倒れながら頭の横で手をつき、膝を曲げたスイ。その姿勢から起き上がり、タータニアの腹部を両足で蹴りつけようと試みるが、タータニアはそれを回避して横に跳んだ。そのタイミングを計っていたかのようにアーシャの氷の槍が地面を突き破って姿を現す。

スイは、激しい音を立てて迫る氷の槍に向け拳を振り上げ、再び魔力を集中させた。

「はあぁぁぁッ！」

地面を殴りつけて砂を舞い上げ、氷の槍を堰《せ》き止める。

砂塵《さじん》が舞い上がる中、僅《わず》かな光が零《こぼ》れてくる。

異変に気づいて距離を取ったタータニアとアーシャ。その二人に向け、砂塵の中から石の槍が生み出され飛来する。

ひらりと避けるタータニア。

すかさずミルテアが石の槍を無効化する解除魔法を放つなか、スイが砂塵を突き破って飛び出し、アーシャとミルテアに肉薄する。

しかし、その目の前にファラが飛び出し、【魔闘術《まとうじゅつ》】で応戦する。振るわれたファラの腕と、それに気づいて咄嗟《とっさ》に突き出したスイの肘がぶつかり合う。

「――フッ！」

スイは息を吐き出してその場でしゃがみ込む。

その足がファラの足を払おうと地面を掠《かす》めるが、ファラはそれを読んでいたかのように飛び上がり、空中でくるりと回転して後ろ回し蹴りを放つ。

顔面を目掛けたその攻撃を首を横に倒して避けると、スイは一度後方に飛び、即座に距離を詰めて拳を振るった。

対するファラも、迎え撃つように拳を振るう。

ファラはともかく、スイまで魔法使いらしからぬ肉弾戦を繰り広げる光景に、アーシャはげんなりとした様子で呟く。

「あんなの魔法使いの戦いじゃないわよ」

「あはは……、私、なんかおかしな夢でも見てる気分ですよ……」

ミルテアも観衆の気持ちを代弁するかのように呟いた。

ファラは打撃の応酬に目を輝かせ、快哉《かいさい》を叫んだ。

「あっはは！　主様《あるじさま》強い！　楽しいよ！」

「バトルジャンキーみたいなこと言わないでよ。僕は笑って戦う余裕なんてないけ――どっ！」

言葉を区切るとともに上方へ飛び上がる。

一瞬の離脱。

スイの選択は正しかった。

ファラと肉弾戦を繰り広げたスイの背後にタータニアが接近していた。ファラが叫んだのはただ興奮しただけではなく、タータニアの狙いに気づき、スイの注意を引くためだった。

タータニアの斬撃が再び虚空を斬ると、彼女はスイを追いかけて飛び上がった。そして、彼女は続けざまに剣を突き出す。

彼女の剣は刃引きされていたが、正面から受け止めるわけにはいかない。

スイは回避に専念せざるを得ず、防戦に追い込まれた。

――このままでは危険だ。

風の魔法を使ってタータニアと自分との間の空気を圧縮。そのまま爆発させると、スイは後方へ飛んだ。

この奇策によりあと一歩のところで、逃げられてしまったタータニア。顔を顰《しか》めながら着地すると――

すでに彼女の目の前で、スイが手を翳《かざ》していた。

「疾走《はし》れ」

バチン、と激しい音を立てて迸《ほとばし》る一条の紫電がタータニアに肉薄する。

ファラが横から現れ、「よいしょ！」と一声上げて先ほどのスイを真似るようにその雷撃を殴りつけ、無力化させた。

ならば、と腕を一振りしたスイの周囲に火球が浮かぶ。

サイズはおおよそ手のひら大、数にして十にも及ぶそれらはファラとタータニアを越えて大きく迂回すると、後方にいたアーシャとミルテアに迫った。

「わわわっ⁉」

声を上げながら、ミルテアが解除魔法で全てを消し去る。

ミルテアは本人が思っている以上に戦い慣れているようだ。アーシャはこの二年間でそれなりの信頼をミルテアに寄せるようになっていて、防御面は任せきりにしていた。そして攻撃魔法を展開する。

　スイに対抗するように、直線ではなく周囲を囲む広域の魔法を反撃に選んだアーシャ。その頭上では、青い光の球体が生み出されていた。

「穿《うが》ちなさい――【氷の雨《アイシクルレイン》】」

　球体から氷の矢が一斉に射出され、スイとその周辺に降り注いでいく。

　矢のように迫るそれらは容易には避けられないため、『無』の魔法を使って対処するであろうと予測したタータニアは剣を構えた。アーシャの魔法が収まり次第、即座に攻撃を仕掛ける心算《つもり》だ。

　だが――その狙いは外れた。

　後ろも横もダメならばと前に飛び出したスイが、氷の矢を掴み取り、それをそのままタータニアに投擲《とうてき》してきたのだ。

「く……っ！」

　慌てて一本を回避し、時間差で襲ってくるもう一本を剣で薙《な》ぎ払うタータニア。だが、僅《わず》かに生じた隙にスイは懐に入り込む。

　しかし――二年間の修業でスイが【魔闘術《まとうじゅつ》】を手に入れたように、タータニアもまた技術を得ていた。

　今度はスイの目論見《もくろみ》が外れた。

右手を突き出したタータニアの手の甲に刻まれた魔法陣が光を放ち、暴風が巻き起こった。

かつてノルーシャが与えてくれた【門】と呼ばれる魔力の通り道。魔法が苦手なタータニアはこの【門】を通して暴風を生み出し、自らの推進力に利用する戦法を磨いてきたのだ。

唐突に巻き起こった暴風はスイを後方に吹き飛ばし、タータニア自身もまた後方へ飛び、再びお互いの間に距離が生まれた。

先ほどのスイへの意趣返《いしゅがえ》しとも言えるタータニアの反撃に、スイは悔しげに唇を尖らせ、タータニアはしてやったりと口角を上げた。

実にこの間、僅《わず》か数十秒のやり取りである。

野次馬をしていた者達は開いた口が塞がらない。便乗して戦いを見ていた講師陣らに至ってはどこか遠い目をしながら「スイの常識破りにも拍車が掛かったなぁ」と呟いている始末である。

「さすがに武器に素手で打ち合うのは厳しいなぁ。でも剣術とかできないし、どうしようかな……」

スイは息切れすらしていない。

その様子にファラ以外の面々は辟易《へきえき》していた。後方に下がって体勢を立て直すが、その表情は呆れたものだった。

「正直言って、ここまで強くなっているなんて思わなかったわ。魔法すら使わないで力技で対処してくるなんて」

アーシャが皮肉を込めて呟いた。

事実として誰もがスイの実力には舌を巻く思いであった。何せ、スイは『無』の魔法を一切使わずに自分達の攻撃を無力化し、反撃すらしているのだ。

「はは……、魔法使いの弱点は接近戦のはずなのに、あの速度で対処されるとね……」

自信がなくなりそう、と心の中で付け加えたタータニアは力なく笑う。

アーシャがスイを見つめながら呟く。

「でも、しばらく今の調子で押してれば体力差で勝てるんじゃないかしら？」

ファラが明るく答える。

「無理だと思うよー。シャオと私で相手してても、主様《あるじさま》は数時間はバテないし」

「そう。……人間辞めたのね、スイ」

「聞こえてるからね!?」

アーシャの呆れ混じりの視線に反応したスイが慌てて反論する。

パンパンと手を叩く音が聞こえ、全員の視線が集まった。

「まったく、少し周りに実力見せる程度でいいって言ったのに、やり過ぎよ」

ユーリがこめかみを押さえながら呟く。彼女が今回の手合わせを命じた張本人である。

そもそも今回、どうしてこんな手合わせをする流れになったのか。

それは、スイ達の実力をブレイニル軍の関係者に見てもらう必要があったからだ。そして危機感の薄い兵士達に刺激を与えるという意図もあった。

軽い気持ちで「適当に周囲に実力を見せつつ手合わせして」と頼んだのはユーリである。しかし、天然のスイや脳筋気味のタータニア、周囲の影響なんて微塵《みじん》も気にしないアーシャとファラといった面々では、こういう結果になるのは当然とも言えた。

強烈な音――スイがファラの魔法攻撃を拳で殴りつけたときのもの――を耳にしてユーリは急いでやってきたのだが、周囲の者達の唖然《あぜん》、呆然、驚愕といった表情を見れば、浅はかだったと悔やまずにはいられなかった。

そんなユーリにファラが言う。

「まだ始まったばっかりだよ?」

ノルーシャのもとで修業をしていた頃ならば、この程度ではまだまだ準備運動である。腕をぐるぐると回しながらのたまうファラの言葉はさっくりと無視して、ユーリはスイを振り返った。

「スイ君にお客さんが来てるわよ」

「お客さん?」

「ええ。レイア王女殿下とシルヴィさんだったかしら。約束してるんですって?」

「あ、はい。そっか、もう来たんですね」

「えぇ。ふふっ、女の子連れてデートの予定かしら？」

「王立図書館で調べ物があるだけですよ。ファラはどうする？」

冗談をあっさりと流され、つまらなそうに唇を尖らせるユーリ。そんな彼女の態度には気づかずスイがファラに尋ねると、ファラは僅《わず》かに逡巡《しゅんじゅん》し、「んー」と唸った。

「本読むのつまんないし、こっちにいる」

「そっか。じゃあ行ってくるね」

スイはファラがそう答えるとわかっていたので、動じることはなかった。挨拶を告げ、さっさと歩き出す。

さっきまで華奢《きゃしゃ》な身体と細い腕で大暴れしていたスイ。そんな彼の歩く先では素早く人垣が割れた。スイは苦笑しながら足早にその場を去った。

ユーリがファラ達を振り返った。

「さて、ファラさんもまだ足りないみたいだし、私も混ぜてもらおうかしら。タータニアさんと私、後のそっちは三人で勝負といきましょう？」

先ほどの戦いを見て、自分もうかうかとしていられないと考えさせられたユーリ。その黒い双眸《そうぼう》には、彼女にしては珍しい剣呑《けんのん》な色が宿っていた。

こうして行われた模擬戦第二試合は、スイが見せつけた以上に強烈なものであった。

後方で始まった戦いの音が遠ざかっていく。

シルヴィが手を上げて声をかけた。

「スイ、こっちよ！」

顔を上げたスイはシルヴィに応えると、その周囲に立つ面々に思わず目を見開いた。予想通りの反応に、悪戯《いたずら》に成功したと言わんばかりにシルヴィが微笑む。

「まさかこうして集まることになるなんて思ってもみなかったわ。それにスイ君が帰ってきてたなんてね」

「久しぶりです、ソフィアさん」

代表するように声をかけてきた、シヴェイロ伯爵《はくしゃく》令嬢——ソフィア・シヴェイロ。スイが所属していた生徒会の会長を務めていた女性だ。当時は清楚な雰囲気を漂わせていた彼女も、この二年でずいぶんと大人びた空気を纏《まと》うようになっていた。

「こうしてみんなで集まるのは生徒会が解散した去年の春以来になるかしらね。スイ君と会うのも、もう二年ぶりだし」

「そうですね。学年と学科が違いますから私達も去年の春からは頻繁に会うこともありませんでしたし、なんだか懐かしい気がします」

「去年の春？」

「あ、そっか。スイは知らないんだったかしら。私達の代の生徒会は解散して、今は新任の人達が就いてるわよ？」

元生徒会副会長のクレディア・ウォルスと、ナタリア・ルダリッドの会話を聞いて疑問を抱いたスイに、シルヴィが補足する。

そうするとあと一人、生徒会で数少ない男子生徒——ウェイン・クレイサスの姿もあるのではないか。そう思ってスイが視線を彷徨《さまよ》わせると、ソフィアの斜め後ろで、気まずそうに頬を掻いている姿があった。

スイは小首を傾げ、声をかける。

「ウェインさんも、お久しぶりです」

ウェインがぎこちなく動きを止める。

何となく様子がおかしい。そんなウェインの態度に痺《しび》れを切らし、ソフィアが彼の腕を引っ張り、スイの前に押し出した。

促されて前に出てきたウェインが、「あー」と声を漏らしてスイを見た。

「その、久しぶりだな、スイ」

「えぇ。お久しぶりです」

「ほら、ウェイン君。それだけじゃないでしょ」

「う……。その……」

「その？」

「……二年前のことなんだけどな。殴って悪かった」

突然頭を下げられ、きょとんとするスイ。

シルヴィが小声でその理由を説明した。

二年前、アルドヴァルド兵による王都襲撃事件で落ち込んでいたスイを、ウェインは憤りのまま殴りつけた。ウェインは何もできなかった自分に苛立っていた。だから、自分の力で事態を収拾させたのに、それでも落ち込んでいたスイが許せなかったのだ。

だが、その騒ぎを見ていた人々から叱られ、当時、淡い恋心を寄せていたソフィアにまで説教されるハメになった。

二年の月日が経ち、精神的にも成熟したウェインは、自分の間違いを認め、再会したら謝罪しようと心に決めていた、というわけである。

スイは苦笑を浮かべて、ウェインに告げた。

「顔を上げてください。怒ってませんから」

「……でも……」

「なんだったら一発殴り返せばいいんじゃないかしら？」

未だに釈然としない様子で俯いたままのウェインを見て、ソフィアが告げる。その助言に、ウェインがさっと顔色を変えて慌てて手を振った。

「それは遠慮したい！　さっきのあれ見てたけど、あんなので殴られたら多分死ぬ！」

後退《あとずさ》りながら声を上げ、スイから離れていくウェイン。その姿に、スイは悪戯《いたずら》を思いついたようにニタリとした。

「そうですね。まだ気になさっているみたいですし、だったら一発やり返してお互い水に流しましょうか、ウェイン先輩？」

「お、落ち着くんだ、スイ……！　そんなことを笑いながら言われても怖いものがあるぞ！　というか、この二年で性格悪くなったんじゃないか!?」

「いやいや、少し離れてたからって性格なんてそんなに変わるわけないじゃないですか。ちょっと思い出したので一発ぐらい返してもいいかなって思っただけですよ？　大丈夫です、痛いのは一瞬ですから」

「一瞬の痛みの後はどうなるって言うつもりだ!?」

「気を失うんじゃないですかね、運が良ければ」

スイはウェインを追いかけ、じわじわとにじり寄る。

スイが誰かをからかうことがあると思ってなかった古巣の面々は、そのやり取りに驚いて、目を丸くして固まっていた。

そんな中、唯一スイの変化に免疫をつけていたシルヴィが「はいはい」と二人を制止する。

「ウェインさんもスイも、そこまでにして。王立図書館でレイアが待ってるから、早く行くわよ」

「あ、そうなんだ。じゃあ早く行かないとね」

からかわれただけだと気づいて呆然と立ち尽くすウェイン。

そんな彼を置いて、スイとヴェルディア魔法学園生徒会メンバーは王立図書館へ歩き出すのであった。


王立図書館にある【魔導式エレベーター】。その床には魔法陣が描かれていた。円の中に様々な紋様が描かれ、よく見ると外側に丸い窪《くぼ》みがある。

「こんな所にコインを嵌める凹みがあったなんて、気にしたこともなかったわ」

王立図書館の前で合流したレイア姫が呟く。そしてバレンから預かった金と銀、二枚のコインを窪みに嵌《は》め込んだ。

すると、魔法陣の光が嵌《は》め込まれたコインに向かって線を描いて伸びていった。そのまま昇降台全体に広がり、元々描かれていた魔法陣の外側に、さらに大きな魔法陣を描き出す。

「コインで魔法陣の形が変わるのね。こんな仕掛けがあったなんて」

魔法陣の光に包まれながら、シルヴィは感激している。

「王と貴族家の当主のみが知る秘密の仕掛けだそうよ。このことを漏らせば、文字通り首が飛ぶかもね」

「王女様が仰ると冗談に聞こえませんよ、レイア殿下」

レイアの言葉に顔を青くしたのは、ナタリアとクレディア、ウェインの三人。彼らは平民である。この国は他国に比べて王侯貴族と平民の間に隔たりがないが、王女の口から「首が飛ぶ」と言われては平静でいられたものではない。

ソフィアに窘《たしな》められ、「冗談で済めばいいけど」とさらっとレイアが零《こぼ》す。

平民達はほっと胸を撫《な》で下ろしたり、再び顔を蒼白にしたりと忙しい。

一方スイは、周囲の喧騒をよそに、魔法陣が一つのきっかけで違う魔法陣に切り替わるという技術に目を輝かせていた。

それぞれの反応に苦笑して、シルヴィが肩を竦《すく》める。

「ともかく皆、行きましょうか」

魔法陣の青白い光が黄色く変色すると、一同は次々に魔法陣に乗り込んだ。レイアが操作盤に魔力を注いで起動を促す。

昇降台がゆっくりと地下へ潜っていく。しばらく壁しか見えなかったが、ようやく視界が開けてきた。

そこは微かな光しかない広大な一室であった。

書架が並び、大量の本が保管されている。長方形の広い室内は、薄暗さも相俟《あいま》って部屋の奥を一望するのは難しい。

ようやく動きを止めた【魔導式エレベーター】から、レイアが先頭を切って歩いて行く。

第二禁書階層が暗いことを予《あらかじ》めバレンから聞いていた彼女は、持参した魔導具のランプに明かりをつけ円卓に置くと、皆を振り返った。

「ここにある本は持ち出し禁止。まぁ、この階層の存在自体が秘匿《ひとく》されているのだから当然ね。お父様に言われてランプは持ってきたけど、人数分はないの。だから本をここまで持って来て読む感じになるかしらね。——調べる内容は、『魔女』に関すること。それでいいのよね、スイ？」

書架に並ぶ未知の本に視線を巡らせていたスイは、突然呼ばれて振り返った。

「えっと、『魔女』については……」

スイが言い終える前に、シルヴィが割り込む。

「心配しないで。昨日の内に、皆に話しておいたから」

彼女は、生徒会メンバーに協力を要請した際に、『魔女』のことまで説明しておいてくれたらしい。相変わらずの段取りの良さに感謝して、スイは頷いた。

「とくに『光牙《こうが》の魔女』と『深淵《しんえん》の魔女』の情報が欲しいんです。関わりのありそうな本があったら教えてください。そこからは僕が調べますから」

シルヴィに伝えてあったのは『魔女』との関わりについてのみ。スイに課せられた『魔女』を解放する使命のことは話してない。

知りたい情報の肝心な部分は、このメンバー達に打ち明けるわけにはいかないので、自分で探し求めることしかなかった。

「わかったわ。それじゃあ、始めましょうか」

レイアの一声を皮切りに、それぞれが書架の奥へと足を踏み入れていった。

パラパラとページを捲《めく》りながら手当たり次第に情報が載っていそうな本を探して歩くスイ。真上に【光球】を浮かべながらすごいスピードで次々と本に目を通していく。長年王立図書館に通って本を読み続けたのは伊達ではなく、速読のスピードは他の面々とは比べ物にならなかった。

そんなスイを真似るようにソフィアとシルヴィ、クレディアなどの『魔術科』メンバーも【光球】の魔法を使って本を選んでいた。しかし、スイのように継続することはできないため、足場や本の確認を済ませると円卓に戻って本の内容を読む、という方法をとっていた。

しばらく時間が経って、棚一つ分の本を確認し終えたスイが、新たにまた一冊手に取った本のページを捲《めく》っていき、ピタリと動きを止めた。

それは、ある神について書かれた神話だった。

そこに書かれていたのが一般的な内容だったら、スイは惹かれることはなかっただろう。

そこには、こう記されていた。


神は世界を創り、獣を生み、人を住まわせた。

数百年もの時を見つめていた創造神はやがて世界を離れる。

神の仕事は管理ではなく、創造することだったのだ。

敢えて不完全に創られた人は、不完全を補おうと力を望んだ。

魔力という神の力の一端、世界の欠片を扱うようになり、道具を生んだ。

淘汰される獣は生きる術を求め、対抗する力を得た。

そうして、神のいない世界で獣と人は神の座を目指す。

争い合う獣と人。

獣では神には成れず、人では神には届かない。

続く醜い争いを知った創造神は、争いの種となる空席となったままの神の座を埋めようと、一柱の神を産んだ。

人と獣、互いの力を持った神『――』はこうして生まれた。

「ミル、セ、ジス？　なんて読むんだろう……」

その神の名前はエイネスの時代に扱われていた主流言語である魔導言語で書かれていた。現代では魔導言語も解読されてはいるのだが、人名や特殊なものは、読み方が判然としないものが多いのだ。

「人と獣の力。どういう意味なんだろう、これ……」

何かが引っかかる。目を眇《すが》めながらページを捲《めく》っていくが、どうも要領を得ない。

そうして首を捻っているスイに、シルヴィが近づいてきた。

「スイ、どうしたの？」

「ん、ちょっと気になる本があってね」

「『魔女』について何か書かれている本が見つかったの？」

「いや、『魔女』についてじゃないんだけど……」

「ふーん……？　『魔女』の情報を探してほしいって自分で頼んできた癖に、自分は違う本読んでるんだ……？」

シルヴィに半眼で睨まれ、スイの顔が引き攣《つ》る。

「ごめんごめん。どうも気になっちゃって」

「もうっ！　昔からスイは本が好きだったし、気になると読みたくなるのはわかるけど、みんなが手伝ってくれてるのに自分だけそういうことするのってあまり感心しないわよ？」

「仰る通りです……」

正論で責められ、スイはその本を本棚へ戻す。そして何冊かの本を手に取り、円卓に戻った。皆本を読んではいるものの、あまり手応えはなさそうだ。

様々な種類の本が机の上に並べられていく。時折、思い出話に花が咲くこともあったが、しばらく時間が経てばまた無言になり、椅子を引いて立ち上がる音やページを捲《めく》る音だけがその場に落ちる。

そうして数時間経ったところで、パタン、と本を閉じるひと際大きな音が響いた。

「――ふぅ。『魔女』に関する文献は『螺旋《らせん》の魔女』ノルーシャのガルソ王国建国のお話ぐらいで、他にはあまりないみたいだね」

そう言って、視線を机に落とし続けたせいか、凝り固まってしまった肩と首を伸ばすウェイン。その言葉で、全員の集中力が切れた。それぞれため息を漏らしつつ本を閉じる音が響く。

「そろそろお昼になるし、一度切り上げましょうか」

「そうですね。私達も午後の訓練には参加するように言われてますし」

レイアの言葉にソフィアが答えた。申し訳なさそうに表情に影を落とすソフィアの姿を見て、スイは小さく首を振った。

「そんな顔しないでください。色々と気になるものが見れましたし、十分です。みんなは学園があるんですし、無理しないでください」

そして、周囲を見回し、皆もありがとう、と頭を下げる。そんな彼の肩に、ウェインが手を置いた。

「午後は合同訓練があるけど、午前中なら――まぁさすがに毎日調べるのに付き合うわけにはいかないけれど、数日ぐらいなら協力できるぜ」

「えぇ、ウェイン君の言う通り、まだ調べるなら手伝うわ。だからそんなに気を遣わないようにね、スイ君」

ウェインに続いてクレディアにも励まされ、スイは笑いながら頷いた。

それぞれに読んでいた本を戻し、帰り支度を済ませて【魔導式エレベーター】に乗り込む。

ゆっくりと上昇していき、ようやく一階につくと、地下の薄暗さに慣れていたせいか目が眩《くら》んでしまい、スイも思わず目を細めた。

「あぁ、ちょうど良かった……！」

「タータニアさん？」

ようやく目が慣れてきたところでちょうど入り口の扉が開け放たれ、そこから顔を見せたタータニアの姿にスイが小首を傾げた。

余程急いでいたのか、タータニアは肩で息をしている。呼吸を整えようと一つ深呼吸し、そして口早に告げた。

『魔獣』の大群が街を襲ってる。それに便乗するようにアルドヴァルド王国軍が攻めてきて、かなりの被害が出ているらしい。――レイア王女殿下とシルヴィ、それにシヴェイロ嬢はすぐに王城へ。他の魔法学園の生徒は直《ただ》ちに学園に集合するように、とのことだ。スイは私と一緒に、ユーリのもとへ」

「え……？」

二年前のアルドヴァルドの王都襲撃事件以来、長らく続いていた膠着《こうちゃく》状態。その均衡はついに破られた。

突如として齎《もたら》された凶報に誰もが動けずにいる中、タータニアはスイの腕を引っ張って走り出した。

――ヴェルディア王国とブレイニル帝国に対し、アルドヴァルド王国が異形を率いて戦争を仕掛けてきたその報せは、瞬《また》く間にヴェルの街を駆け巡った。

混乱が生まれるのを防ぐために拡散された情報ではあったが、この七十年を平和に過ごしてきたヴェルディア王国民にとって、その報せは自分達には遠い出来事だと思っていた戦争の開始を告げるものであり、多くの民が衝撃を受けた。

必要以上に食料などを買い込もうとして店に向かう者もいたが、すでに王国軍によって購入規制がかかっていた。物資は秩序だって民に売られ、混乱は抑えられた。

そうした街の人々の動きを見ながら、スイはタータニアに腕を引かれヴェルディア魔法学園の第一棟へ向かった。

ヴェルディア魔法学園もまた、すでに物々しい空気に包まれていた。

援軍に向かわなくてはと表情を引き締める者。故郷が襲われていると聞いて取り乱す者。初めて感じる戦争の空気に蒼白な顔をする者。かつてこの場所に通っていたスイは、この異様な空気に顔を顰《しか》めた。

「……これが、戦争の空気……」

「ええ。そのうち、嫌でも慣れるわ。時が経てば人の感情は麻痺《まひ》していくものだから」

タータニアの表情は暗い。祖国エヴンシアがブレイニル帝国によって占領されて以来、もう二度との空気を味わいたくないと思っていたのだ。

祖国が占領されたと知ったときは絶望したが、それによって食料事情が改善し、物資が国中に行き渡るようになった。今はブレイニルの支配下に入ったが、あの戦の落とし所としてはこれで良かったのだと、タータニアも理解している。

暗い表情を見せるタータニアにスイが声をかける。

「大丈夫、ですか？」

「あぁ、ごめん。大丈夫。急ごう」

短く答えてスイの手を握ったまま、タータニアが再び歩き出す。

ようやく第一棟の入り口にやって来た二人は、入り口の守衛と話しているアンビーの姿に気づいて駆け寄った。

「アンビーさん？」

「あぁ、ちょうど良かった。キミ達を探していたんだ」

「何か情報が手に入ったんですか？」

「少しばかり予想外な事が起こっていてね。これから皆が集まるのならちょうどいい。そこで話そう」

短くやり取りするスイとアンビーの横で、タータニアが守衛に話を通す。どうやらアンビーは学園の関係者ではない上に、第一棟の軍部の関係者にも見えなかったため、足止めされていたようである。

ようやく中に入ることを許された三人はユーリのいる執務室へ向かった。

そこにはすでにミルテアとアーシャの二人も呼び出されていた。

スイ達の姿を確認すると、ユーリが早速口を開く。

「アンビーさんも合流できたのね。ちょうど良かったわ」

「こっちも二人がちょうど向かってきてくれて良かったよ。戦争の情報が齎《もたら》されたせいか、なかなか通してくれなくてね」

「それはそうでしょうね。じゃあ、タータニアさん、扉を閉めて。それと全員近くに寄ってもらえるかしら」

そう告げて、ユーリは机の上にヴェルディア大陸の地図を広げた。それぞれの都市や町の名が記された簡素な地図である。

「現在、アラスタ、シゼット、レイグという大きな街で、『魔獣』の侵攻が確認されているわ」

アラスタは大陸の東部、シゼットはヴェルから南南東、レイグはアラスタとシゼットからヴェルへ向かって延びる街道の中間地点にある街である。それらを一箇所ずつ指で示して、ユーリは続けた。

「また、『魔獣』の侵攻と同時に、二年前にヴェルを襲った魔導人形も街に入り込んでいるらしい」

アーシャが眉間に皺《しわ》を寄せて問いかける。

「ともかく、アルドヴァルドは『魔獣』と無関係ではないってことね。スイが会ったっていう『魔人』を使って『魔獣』を操るという噂もあるらしいけど」

スイが出会った『魔人』――アンジェレーシアの情報はすでに共有されていた。

アーシャがアンビーを見つめる。

「その通りだよ、アーシャ。アルドヴァルド王国は私が昔組み立てた仮説を使って『魔人』を造っている。とは言っても、私が考えた物より程度の低い、劣化版と言ってもいいだろうけれどね」

「劣化版、ですか？」

「そう、しかしその能力は劣っているわけではなさそうだ。まぁいろいろと問題を抱えているみたいだけどね。ともかくあの研究所で『魔人』に関するデータをミルテアにも見せただろう？」

「はい。でも、それって確か……」

「うん。私はこの技術を実用化するつもりはなくて、仮説を立てただけだった。もともと、魔導人形を造る過程で生まれたものだったからね。あまりに非人道的なものだったし、罪人を使って実験することも考えたけれど、さすがに実行する気にはなれなかった」

けれど、とアンビーは続ける。

「どうやらアルドヴァルドの研究者が、私の技術を盗もうと考えて、廃棄したデータを復元したらしい。その後生まれたのが、今の『魔人』——『魔獣《ま》』の力を人間に宿した存在だ。我ながら魔導兵器と言い『魔人』と言い、ことごとく災厄を振り撒いているものだね……」

「今さら反省したって何も変わらないわ」

ぴしゃりと言い放つアーシャ。その目はアンビーをまっすぐ見つめていた。

「魔導兵器も魔導具も、結局は使う人間次第で大きく変わるのだもの。それには『銀の人形《わたし》』だって含まれている。『魔人』だって、彼女達を造った頭のおかしい連中が悪いだけよ」

アーシャだからこそ言える言葉だ。

彼女は、スイを守るために造られたが、アルドヴァルド王国に利用され、ヘリンに終焉《しゅうえん》を齎《もたら》した。製作者《アンビー》の意図を無視して、だ。気休めや綺麗事ならば誰にでも言える。しかし、アーシャが言うと、それはただの善意の言葉ではなくなる。

ユーリが二人に目をやり、口を開く。

「アーシャさんの言う通りでしょう。軽々しい言葉なんて送れないけれど、生みの親として情報を持っていることはありがたいわ」

「そ、そうですよ！　アンビーさんは凄いんです！」

「何が言いたいのかわからないわよ、ミルテア」

「うぅ、アーシャさんは冷たいです……。そこはフォローしてほしかったです……」

ともかく誰もアンビーを責めるつもりなどなかった。

周りに気を遣わせてしまったと苦笑しつつ、アンビーは一つ深呼吸する。

そして気持ちを切り替えて告げた。

「じゃあ早速だけど、私が得た情報からみんなに話しておこうと思う。私達が追うべき『魔女』の正体がやっと判明した。——いや、もっと言ってしまおう。この世界にいる『魔女』は、私を除いてもう彼女しか残っていない」

皆が驚き、目を見開いた。

すかさずスイが尋ねる。

「それってやっぱり、『光牙《こうが》の魔女』ですか？」

これまでの経緯から浮かび上がる人物は、『光牙《こうが》の魔女』しかいない。

ノルーシャからも、またアンビーからも、それは聞かされていた。

しかし、その推測は、そのアンビー自身によって否定されることとなる。

彼女は頭《かぶり》を振って、ゆっくりと口を開いた。

「いいや、違うんだ。私の他に唯一生きている『魔女』は、『深淵《しんえん》の魔女』シアだ。彼女だけが生き残っている」

周囲が困惑に包まれる中、さらにスイが質問を重ねる。

「え……っと、じゃあその『深淵《しんえん》の魔女』がアルドヴァルドの背後にいた、と？」

「いいや、そう単純な話じゃない。まぁ、この辺りの話は本人から説明してもらうのが一番だろうね。確かに、かつてアルドヴァルド王国の背後にいたのは『光牙《こうが》の魔女』レシュールだったらしい。だけど、今は彼女は消えて『深淵《しんえん》の魔女』シアしかいない。そして、シアはこの戦争には一切関与していない」

アンビーの含みを持たせたもの言いを、アーシャが指摘する。

「……その言い方だと、もう『深淵《しんえん》の魔女』と接触したかのように聞こえるのだけど」

「その通りだよ、アーシャ。彼女と接触して、直接問い質《ただ》して得た情報だ。それと、彼女の目的も判明した。レシュールは――いや、レシュールとヒノカはたった一つの目的のために、シアに全てを託したそうだ」

「たった一つの目的とは？」

スイが問う。

アンビーは、まっすぐスイを見つめる。

そして、ゆっくりと口を開いた。

「世界の破滅を目論む災厄の存在――マリステイスを討つという目的だ」

5　『魔女』の決意

夜を迎え、すっかり暗くなったヴェルの街。

通りは家々の灯りで、ぼんやりと暖色に照らされている。戦争の物々しい空気に支配された街も、こうして夜を迎えれば、かつてスイが住んでいた頃と変わらない平和な様子を見せる。

ここは、教会の屋根の上。

スイはその不安定な斜面に座り、そんな街の様子を見つめていた。

彼と背中を合わせて空を見上げているのはファラである。その表情は、いつもの彼女からは想像できないほど暗かった。

二人の間に会話はない。

気まずさの原因は言うまでもない。アンビーの言葉である。

──世界の破滅を目論む災厄の存在──マリステイス。

その直後、場は騒然となった。

突如としてファラが現出し、アンビーに食ってかかったのだ。

スイはファラをアンビーから引き剥がし、この場所に連れてきた。

ファラにとってマリステイスは母のような存在だ。それを「討つ」というのは、彼女にとって何よりも受け入れ難いものであった。

スイは、ファラのマリステイスへの気持ちを理解している。だから暴れないように取り押さえたが、ファラを責めようとは思わなかった。

静寂を破るように、ファラが口を開く。

「……主様《あるじさま》」

「うん」

「私、マリーが世界を破滅させようとしているなんて信じられないよ……！」

そう言って、ファラは抱えた膝に顔を埋めた。

「僕もだよ」

彼女同様、スイもアンビーの話を信じられなかった。

そもそもマリステイスは精神体しか存在していないはずである。かつて彼女は、スイにそう口にしていたし、ノルーシャもマリステイスは消滅してしまったと言っていた。そんな存在なのに、なぜ破滅を目論むというのか。

それに、マリステイスは『魔女』達に〈狂化〉からの解放を約束した。マリステイスが世界の破滅を目論んでいるのだとしたら、『魔女』を〈狂化〉させてしまったほうがずっと簡単ではないか。

考えれば考えるほど、アンビーの言葉は間違っているように感じる。

ならば何故、こんなにすっきりとしないのだろうか。

それは、アンビーも『深淵《しんえん》の魔女』も嘘をついているとも思えないからだ。『魔女』がマリステイスを貶《おとし》める必要も利点もない。『魔女』達は〈狂化〉の危機に脅《おびや》かされており、その事実は変わらない。スイを騙すことで彼女達が得られるものなどないのだ。

もし『〈狂化〉した魔女』になりたいのなら、魔法を使って器である身体を壊してしまえばいい。継承者を作りたいのなら、スイの知らないところで済ましてしまえばいい。

いくら考えても、判然としない。

シア自身に真意を訊かなければ、答えは得られないだろう。このままここで考えていても、わからないことが多すぎる。

だが――その前に。

スイはどうしても、これだけはファラに告げておくべきだと考えて、意を決して口を開いた。

「ねぇ、ファラ。もしもマリステイスがアンビーさんの言う通りに、世界の破滅を望んでいたとしたらさ……」

一瞬、重苦しい空気が流れる。スイの瞳をじっと見つめて、ファラが言う。

「主様《あるじさま》はあんな巫山戯《ふざけ》た話を信じるっていうの？」

「いいや、そうじゃないよ。でも、ファラだってそうでしょ？　僕と一緒で疑ってはいるけれど、嘘だって言い切ることもできない」

「……それは……」

図星だった。

アンビーには食ってかかったものの、冷静になるとわからない。

マリステイスへの信頼には罅《ひび》が入っており、もう以前のように信頼できなくなってしまった。

それがファラを苦しめているのだと、スイは気づいている。

苦しそうにするファラを見ても、スイは止めることはできなかった。それでも聞いておかなければならないことだから。

「もしもアンビーさんが言う通りだったとしたら、僕はマリステイスと戦うことになる」

「……ッ」

「守りたいものがたくさんあるからね。一緒にいる皆も、この教会の家族も。生徒会の人達もそうだし、学園で知り合った人達だっている。だから、もしも本当に世界の破滅を目論むと言うのなら、僕は戦うことになると思うよ。この世界を滅ぼすなんて、僕には見過ごせない」

そこでスイは、「だけど……」と言葉を区切り、改めて口を開いた。

「――そのとき、ファラはどうする？」

ファラはおそらくマリステイスと戦う道は選べないだろうと、スイは感じていた。

ファラは何も言えなかった。

信じ切れない以上、マリステイスを信じると口にしてもそれは自分を誤魔化す言葉でしかない。かといって戦うこともできない……。

「……私は……」

――私は、そのときどうするのだろうか。

今のファラにとって、スイは大事な家族だ。マリステイスと同じように。どちらかを選べと言われても、そう簡単に答えられるはずはなかった。

「今すぐ選べなんて、言うつもりはないんだ」

「え……？」

「アンビーが間違っているのかもしれないし、マリステイスが何かを隠しているのかもしれない。もしかしたら、どっちも勘違いしているだけなのかもしれない。答えは今の僕にはわからないし、結局考えてみても無駄なのかもしれない」

そう言ってスイは、ファラの目を見つめた。

「だから、何が正しいかを知るために、僕は明日、アンビーさんと一緒に『深淵《しんえん》の魔女』のもとへ向かうつもりだよ。そこで真偽を見極める。『深淵《しんえん》の魔女』が言っている内容が嘘なら、素直に消えるつもりがないのかもしれない。そうなったら、マリステイスじゃなくて『深淵《しんえん》の魔女』と戦うことになるかもね」

ファラと接していた背中をゆっくりと起こして、スイは屋根の上で立ち上がった。

吹き抜けた風に髪を揺らして、遠くを見つめながら告げる。

「判断するのはきっとそのときになるけれど、もしマリステイスと敵対することになっても、ファラはどっちを選んでもいいんだ。そりゃあ僕にとってファラは家族だから、一緒のほうがいいって思うけど、さ。だからって縛るつもりはないんだ」

「私は……ッ！」

スイの横顔を見上げ、自分の気持ちを言おうとして——しかし口を閉じる。

スイの寂しげな表情に胸が痛むのに、今の自分には答えられない。

ファラは立ち上がった。

そして、俯いたまま金色の翼を背に広げる。

「……ごめんなさい、主様《あるじさま》。ちょっと、一人になりたい」

小さな声でそれだけを告げて、夜闇の広がる空へ飛んでいった。白い影が光の届かない空に消えていく。

その後ろ姿を見上げて、スイは思った。

――全ては明日。シアから話を聞けば、何を信じればいいのかわかるはず。

そう自分に言い聞かせて、袋小路に入った思考を閉ざす。

その瞬間、閃《ひらめ》いた。

慌てて自室に戻ると、机の上に置いてあった聖典を手に取った。

「ウチの教会の聖典と、禁書階層にあった神の聖典。やっぱり同じみたいだ……」

パラパラと聖典を捲《めく》ると、ある頁のところでスイは顔を顰《しか》めた。


――最終章「世界の浄化」。


そこに書かれていたのは、エイトスの言う通り、世界の破滅についてであった。

「……なんだか、暗示みたいだ」

名も無き神が願う「世界の浄化」は、それが決定されているかのように書かれ、到底受け入れられるような内容ではなかった。

しかし――マリステイスが世界の破滅を目論んでいるというアンビーの言葉が、この神の存在と重なって見えてくる気がした。

「……考えても仕方ない。とにかく明日、話を聞かないと……」

自分に言い聞かせるように、スイは静かに聖典を閉じた。


——翌朝。

また少しの間帰らないと教会の皆に告げたスイは、迎えに来ていたアンビーとタータニアと共にヴェルの門から東の森に向かって歩き出した。

スイがアンビーに言う。

「昨日はファラがすみませんでした」

「あぁ、気にすることはないよ。私だってシアから最初に話を聞いたときは食ってかかったからね。怒り狂って暴れなかっただけ、成長したと思うよ」

肩を竦《すく》めてそう言うアンビー。タータニアもうんうんと頷いている。

スイは否定できず苦笑を浮かべた。ファラの短気さはすでに知れ渡っていた。スイと出会って間もない頃のファラであれば、金龍の姿になって大暴れしたに違いない。

ふと周囲を見回し、スイが尋ねる。

「それで、他の皆はどうしたんですか？」

「あぁ、ユーリくんは戦争に備えてヴェルで待機。アーシャとミルテアは、私の研究所に行ってもらってるんだ」

「アンビーさんの研究所、ですか？」

「あぁ。その説明をする前に先に教えておこうか。まず質問。スイ君、『魔人』とは、どういった存在だと思う？」

しばし考え込むスイ。

実際に出会った『魔人』のアンジェレーシアは、『魔獣』と人間の間にいる存在で、薬がなければ生きられない「飼い犬」であると言っていた。

その言葉だけでは、どういった仕組みで彼女が生まれたのかはわからない。だが、推測できないわけでもない。

「魔力を食らう『魔獣』の特性を、人為的に造り出した存在、でしょうか」

「ご明察《めいさつ》。昨日話した通り、『魔人』の基礎を造り出したのは私だ。だが、実践するつもりは当然なかった。人間の肉体に直接術式を施すなんて、リスクが大き過ぎるからね。だけど、他にもそうした例はないわけじゃないんだよ。それが何かわかるかい？」

スイは再び考え込んだ。

かつてスイの身体に【魅了魔法】がかけられていたように、人体に影響を及ぼす魔法を列挙すればキリがない。

だが、身体に直接術式を施す例となれば、候補は一気に絞られる。

「それって、『移植魔眼《いしょくまがん》』ですか？」

思い付いたのは、ブレイニル帝国のディネス。人工的に魔眼《まがん》を施した女性である。

「その通り。身体に術式を定着させれば、魔眼《まがん》という先天的にしか手に入れられないはずの力を手に入れることができる。さて、ここまで言えば、『魔人』がどういう存在か、という質問の答えももう少しだけ見えてくるのではないかな？」

アンビーに問いかけられ、スイは頷いた。

「さすがにキミは頭がいい。どっかの誰かさんとは大違いだね」

昨日スイと別れた後、アンビーはタータニアにこれと同じ内容を説明したのだが、彼女は理解できなかったのだ。

アンビーから向けられた皮肉な視線にタータニアは眉をぴくりと動かした。

「冗談だよ、タータニア嬢。――ともあれ、『移植魔眼《いしょくまがん》』はその名の通り眼を人工的に作り変える技術。それと同じように、『魔人』は、人体の生命を司る臓器に術式を施すんだ」

「まさか――心臓に直接埋め込むんですか？」

「その通り。アンジェレーシア嬢の身体を見せてもらったが、案の定そうなっていた。胸糞悪いことをしてくれるよ。――まぁ、それでだね。ミルテアの力ならうまく埋め込まれた魔石と術を取り除けるだろうと思ってね。だからアーシャとミルテアにはそれを頼んであるんだ」

「ミルテアさんの【特殊魔法】では、かけられた魔法は消せると思いますが、埋め込まれた魔石までは……。どうするんですか？」

「それも大丈夫さ。彼女を連れて魔導兵器を破壊して回る間に、私は彼女の能力を見ているからね。魔石ごと消してしまうとは驚いたよ」

そもそも魔石とは、不可視の魔力が一定の条件になったときに生成される、鉱物のようなものだ。ちなみにミルテアに魔石除法の能力があるというのはアンビーの推測であって、確証があるものではない。これはミルテアの【浄化の光】が、魔導兵器そのものの動力を司る蓄魔石《ちくませき》すら消し去った、という点からアンビーが導き出した説だ。

しかし、『魔人』の身体自体が魔石と術式によって変質している可能性を考えると、それであっさり解決するとは限らない。

最悪の場合、人体の機能は停止するかもしれない。

それでもアンジェレーシアが自ら実験台に名乗りを上げたのは、結局はそれを受けなければ自分達は利用されるだけされて、あっさりと捨てられてしまうだろうと考えていたからだ。

「ミルテアは戦争に参加するより、誰かを助けるほうが性に合うだろうしね。あの子は、失敗する危険性を知りながら、『魔人』を救うことを許諾したんだよ。最初に会った頃は流されるばかりだったけれど、今じゃずいぶんと変わったものだよ」

この二年を共に過ごしてきた、アンビーはミルテアの成長を強く実感していた。

まるで弟子の成長を喜ぶノルーシャのような柔らかな笑みだ。スイはアンビーの横顔を見て、ノルーシャの幻影を重ねていた。

アンビーが意を決したように口を開く。

「さて、そろそろ飛ぼうか」

「はい」

アンビーの作り出した【転移魔法】に乗って三人は飛び去るのだった。

◆◇◆◇◆

ヴェルディア大陸の南東部、険しい山脈に覆われたその一部に、まるで人の目を避けるように広がる森がある。

その中にひっそりと古い建物が佇んでいた。

老朽化が著しく、天井も崩れ落ちており、もはや廃墟と呼ぶに相応しい。空から射し込む陽光を遮《さえぎ》る屋根はない。その崩れ落ちた瓦礫《がれき》に腰掛ける黒いドレス姿の女性がいた。

目を閉じて微動だにしない女性――シアの姿は、絵画のように浮世離れして見えた。

シアが、ゆっくりと瞼《まぶた》を押し上げて紫紺《しこん》の瞳を向けた。

すると、その視線の先で光が生まれ、アンビーに連れられた少年と少女が姿を現した。

少年の容姿には見憶えがあった。銀髪と蒼色《あおいろ》の眼、片方の眼は魔眼《まがん》特有の金色の輝きを放っていた。

アンビーがシアに声をかける。

「待たせたね」

「構わないわ。どの道、そこの少年が来なければ何も始まらないのだもの」

すうっと紫紺の瞳を向けられて、スイは思わず身構えた。

口調は冷淡ではないが、興味すらないように思わせる。スイを見た瞬間に僅《わず》かに目を眇《すが》めて一瞬だけ仄暗い魔力を放ち、スイとタータニアの背に冷たい汗が流れた。

強張《こわば》った二人に気づいたのか、シアが威圧感を消し去ると、スイとタータニアは重圧から解放され、息を吐いた。

その様子を見たシアがゆっくりと口を開く。

「ごめんなさい。アナタ達を脅えさせるつもりはないの。三人分の『魔女』の力を持ってしまって、まだ制御が甘いみたい」

「三人分の『魔女』の、力……？」

シアからまだ話していないの？　と言いたげに視線を向けられたアンビーが肩を竦《すく》める。

「私から聞いても混乱するだろうと思ってね。キミが説明してあげてくれ。私達はまだキミの――いや、キミ達の選択を信じたわけじゃないからね」

アンビーの答えに、シアは目を閉じてふっと小さく笑った。

「そう。それもそうでしょうね。話してあげるから――出てきなさい、ファラスティナ。アナタにも訊きたいことがあるの。それに、隠れていても現実は変わらないわよ」

シアの声に応えるように、光を放ってファラが姿を現した。

未だに困惑を拭《ぬぐ》えてはいないのか、ファラの表情は暗い。それでもシアの呼ぶ声に応えて姿を現したのは、その話を聞くべきだと思ったからだ。

しかし姿を見せたファラに、シアは怪訝な顔をした。

「……ずいぶんと似合わないのね、その姿」

「うるさい」

「ご機嫌斜めかしら。それもそうね。アナタがあれだけ慕っていたマリステイスが、この世界を破滅させようと目論んでいると言われたわけだから。そうなるのも無理はないもの」

シアの言葉に怒気を孕《はら》んだファラの魔力が膨れ上がり、大気を揺らす。

しかし、その怒りを正面から受けてもなお、シアは涼しい顔をしたまま微動だにしない。

もしもこのまま戦うことになったら、すぐにでも動けるようにと気を引き締めるタータニアであったが、その気勢はアンビーの嘆息した声によって削がれた。

「その辺にしておきなよ、シア。まったく、昔の凛《りん》としたキミは何処にいってしまったのやら」

「仕方ないでしょう、私は一人じゃないもの」

「一人じゃない？」

思わず口を突いたスイの疑問に、シアは振り返って頷いた。

「ええ、そうよ。さっきも言ったでしょう、『銀の後継者』」

「……スイです」

「あ、自己紹介していなかったかしら。忘れていたわ。そっちの赤髪の子は？」

「タータニアです」

――この人はずいぶんとマイペースだ。もしかしたら天然なのかもしれない。

スイはそんな感想を抱く。周囲から天然と言われているスイが、初めて同類に出会ったと言える。

しかし――和みかけた空気は、シアの言葉によって霧散した。

「私は『深淵《しんえん》の魔女』シア――いえ、シアとしての自我は当然残っているのだけれど、正直に言えば少し違う、のかしら。『光牙《こうが》の魔女』レシュールと『紅炎《こうえん》の魔女』ヒノカの力を〈継承〉して生まれた存在、と言えばわかりやすいかしら」

「〈継承〉……？　それって、まさか……」

慌てるスイに、アンビーが告げる。

「その通りだよ、スイ君。どうやらシアは、レシュールとヒノカの力を取り込んだらしい。力も、残された時間も、記憶さえもね」

「ちょ、ちょっと待ってください！『魔女』の力を〈継承〉なんてしてしまったら、器である身体が耐えられないんじゃ……！」

そもそも『魔女』の力は〈継承〉を続け、その積み重ねによって肉体が限界を迎えつつあったはずだ。だからこそその負の連鎖を断ち切ると決めたのである。

にもかかわらず、『魔女』の身体に同じ『魔女』が〈継承〉を重ねてしまったら――間違いなく身体は崩壊するはずである。

そうしたスイの考えを肯定するように、シアは頷いて口を開いた。

「その通りよ。普通ならまず不可能だったでしょう。そう、普通ならね。でも私――いえ、この計画を立てたレシュールは、気づいたの。『宝玉』があれば、それが可能になるって」

驚愕に言葉を失うスイ。その様子を見てシアはさらに続ける。

「マリスティスは私達の身体の崩壊を止めるために、『宝玉』を与えた。純度の高い魔力を生成する『宝玉』は、身体にかかる負荷を和らげる。そういう意味では、マリスティスは私達の〈狂化〉を止めたと言えるでしょうね」

「何か含みがある言い方だね、シア」

「えぇ、その通りよ、ファラスティナ。……でも、その態度を見てハッキリしたわ。アナタはどうやら、何も知らされていなかったみたいね」

ぴくりと眉を動かすファラを無視するように、シアは紫紺の双眸《そうぼう》をスイへ向けた。

「『宝玉』に隠された真実。あれはもともと、〈狂化〉を止めるためのものではなかった、と言うべきね。『宝玉』とは、迫る〈狂化〉への時間を延ばすために用意されたマリスティスの魔力の塊じゃないのよ。あれはマリスティスの魔力に私達の力を馴染ませることを目的に造られたものだったの」

驚愕する三人へ、シアは〈継承〉によって得たレシュールの知識を語る。

――事の発端は、レシュールが、『宝玉』を用いた封印に疑問を抱いたことだった。

マリスティスの言葉を鵜呑《うの》みするのであれば、『宝玉』を与えられ、スイという名の『銀の後継者』を待ってさえいれば良かった。

その言葉を信じた、ノルーシャのように。

しかし、レシュールは強烈な違和感を覚えた。

マリステイスは自分の魔力を属性毎に分けて、それぞれの特性にあった魔力の塊を作り上げることができた。『魔女』と名乗る自分達でさえ、彼女にとっては大した存在ではないのだろうとレシュールは感じていた。それは初めて対面したときに実感したものでもあった。

そんな彼女が、わざわざ自分達のために、自らの魔力を分け与えるだろうか。自分の命を削るような真似をしてまで、自らの後継者を作り出し、他愛もない存在である『魔女』達を救おうとするだろうか。ただの善意の行動にしては、あまりにリスクが高すぎるのではないか。

そんな疑問が、どうしても頭から離れなかった。

そうして――レシュールは『宝玉』の特異性に気づいた。

『宝玉』は、徐々に『魔女』の魔力を吸い上げ、親和性を高めていた。

まるで『魔女』の力を吸い上げて慣らしていくかのように。

微々たる変化ではあったが、それは明らかだった。その事実に気づけたのは、『光牙《こうが》の魔女』レシュールが、論理的思考の持ち主だったからだ。

一度抱いた疑問を、レシュールは見逃せなかった。

マリステイスが何故自分達のために尽力するのか。その裏に何か別の狙いがあるのではないか。もしも自分達が利用されるだけなのであれば、そうはさせまいと心に誓い、研究を重ねたのだ。

徐々に身体に〈狂化〉の兆候が現れ始めたレシュールは、他の魔女のように眠りに就く必要があった。そうすることでしか、〈狂化〉の進行を抑えることはできなかったが、それでも彼女は自分の身体を封印しようとはしなかった。

情報を集め研究を重ねるとともに、自分の身体の〈狂化〉を抑える必要があった。そこで彼女が取った手段は、かつて『時の魔女』が研究していた、身体の【時間遡行《そこう》】である。

レシュールは未完成のまま放棄《ほうき》されていたその研究を進め、見事に成功させた。それがレシュールのベッドの下に描かれていた魔法陣である。

しかし、完成した魔法には欠点があった。記憶の継承が不可能だったということだ。

【時間遡行《そこう》】を完成させた日以来、レシュールは数百年にわたって延々と自分だけ同じ一日を繰り返した。必要な情報を取捨選択しながら、翌日の自分に引き渡す。時には数日寝ずに研究を続け、それをメモに纏《まと》めてまた決まった日に戻る。常人なら気が狂うであろう永遠とも言える時間を。

記憶が蓄積されず遅々として進まない『宝玉』の研究は、しかし数百年という時間をかけてようやく、その答えに辿り着いた。

「──それが、今から十三年前。『宝玉』が大きな変化を見せたのよ」

「十三年前……」

「えぇ、『銀の後継者』──スイ。アナタがこの世界に姿を現したと思われる日、『宝玉』は変化した。アナタを待っていたかのように」

「ちょっと待ってくれ、シア。私もそこまでは聞いていなかったよ。それじゃあ、まるで……」

「えぇ。アンビーも不思議に思わなかったかしら。マリステイスは、『宝玉』は自分の後継者が生まれたとき、アナタ達の封印を解いてくれると私達に告げた。──でも、私達の覚醒には時間の差があった」

アンビーの覚醒は数年前だが、ノルーシャの覚醒はスイが姿を見せるよりも少しばかり早かったとスイも聞いている。今まで、その差が一体何を示すかなど考えたことがなかったが──今、その答えをシアが告げる。

「覚醒からたかが数年で〈狂化〉するのなら、私達が目を覚ます必要なんてないでしょう。まぁそのリスクがあったのは私ぐらいで、皆はそこまでではなかったけれど。それでも、『銀の後継者』が私達に会いに来るまで眠っていればいい。なのに、アナタ達は彼に出会う前に覚醒を促された。──ねぇ、アンビー。私達はその子が現れたから目が覚めたんじゃないの。『宝玉』が完成したから、私達自身にはもう、用がなくなったのよ。だから、覚醒を許された」

「……まさか、スイ君が生まれるまで『宝玉』で時間を延ばしていた、のではなくて、『宝玉』が完成するまで、スイ君は生まれなかったということ、なのか……？」

「えぇ、そうよ。『宝玉』が私達、それぞれの『魔女』の力に馴染むまで、その子は待っていたということ。偶然今の時代に生まれたのではなくて、『宝玉』に許可され、必然的に彼が生まれたのよ」

呆然とするアンビーから視線を外して、シアはそのままスイを再び振り返った。

「今話したのは、レシュールが気づいたマリステイスの真意。そして、マリステイスが『魔女』である私達を利用して、一体何をしようとしているのか。――その理由は、これに記されていた」

シアがすっと手を前に突き出すと、足元の影が浮かび上がって二冊の本が姿を見せた。黒い闇色の液体に包まれているかのようなそれは、やがて表紙を露わにする。

その表紙に、スイは目を瞠《みは》った。

「……『名も無き神』の話と、聖典……！」

「知っているの？　現存していないはずなのだけれど――まぁいいわ。現代ではそう言われているわね。レシュールの指示ではなかったけれど、『銀の人形』を使って引き起こされたヘリンの終焉《しゅうえん》。その際にこの聖典が公のものとなった。レシュールはこれに書かれたマリステイスの目的――真実に気づき、この書を聖典とする宗教を歴史的に抹殺することを考えた」

スイが声を上げる。

「真実……？　その、ミルセジスとかいう名前の神が、一体……？」

「……そう、読めなかったのね。確かに現代語で読めば、ミルセジスとも読める。でも、これの読み方は違う」

シアはそこまで言うと、翳《かざ》していた手をくいっと捻った。すると、ふわりと浮いて近づいた本が、つい先日読んだページと同じ場所を示した。

シアが読み上げる。


「神の名前は――マリスティス」

「……ッ!?」

「七十年前、危険過ぎる思想を訴えるこの宗教を排斥する必要があった――結果として、そのときのレシュールの判断は正しかったのでしょうね」

七十年前の魔導戦争によって表面化した一つの宗教の思想。

その神の名がマリスティスだと知ったレシュールは、『宝玉』が『魔女』の力に馴染んでいく様《さま》を見て、言い知れぬ不安を感じたのだと言う。

「マリスティスの名を語る宗教を危険視したレシュールは、一つの布石を打った。『世界の敵』の存在を周知させることを考えたの」

「世界の敵」という言葉に反応して、タータニアが叫ぶ。

「『世界の敵』って、まさかガザントールの地下にあった魔導兵器は、その『光牙《こうが》の魔女』レシュールが用意したって言うの……？」

「そう。あれはレシュール自身が指示して、世界各地に残させたものよ。エイネスの時代に使っていた技術を使えば、時間の風化は受けないだろうと考え、元々あったエイネスの研究所をそのまま流用したの」

タータニアの問いに返ってきた答えは、スイも予想だにしなかった内容であった。

もしもこの話が本当ならば、『世界の敵』がマリステイスであるということに、ひどく納得がいった。

「一つ訊いてもいいですか？」

疑問を感じたスイはゆっくりと続けた。

「『世界の敵』に対して布石を打ったというのは、アーシャ――『銀の人形』を利用して、ヘリンに終焉《しゅうえん》を齎《もたら》したことも含まれるんですか？」

一瞬の沈黙。

シアは言いづらそうに吐き出す。

「ええ、その通り。ヘリンを終わらせたのも、マリステイスに対抗するためよ」

スイは困惑した様子で瞑目した。

「……でも、どうして、一つの文明を終わらせなきゃいけなかったんですか……？」

「彼女を神として崇める宗教が支配する時代が存続することは危険だったから。そして『銀の後継者』を護《まも》るために造られた『銀の人形』を使うのが、マリステイスのシナリオを狂わせるには、一番だとレシュールは考えた」

アンビーが眉間に皺《しわ》を寄せて口を挟む。

「……造り手である私としては、あまりいい気分のする話じゃないね」

「そうでしょうね。でも、そうするほかなかったのよ」

シアは一つため息を吐いて、さらに続ける。

「ともかく私は、レシュールとヒノカの二人の力を変質し、完成させた『宝玉』を使ったことで〈継承〉を成功させた。そして今、スイ――アナタがここにいることで、全ての『宝玉』が再び一堂に会した、と言っていいでしょう」

シアはゆっくりスイに歩み寄り、手を伸ばしてそっとその手を取った。

「アンビー。ここがどんな場所か、憶えてる？」

「マリステイスのいた大陸と行き来した……――まさか、『宝玉』の力があれば……ッ！」

「えぇ、おそらくは完成した『宝玉』なら、マリステイスが作り出したこの魔法陣を動かせるはず」

スイとシア、二人の手が触れ合って魔力が満ちた、その瞬間。

足元に散らばった瓦礫《がれき》の下に埋もれていた地面に光が生まれ、一つの魔法陣が姿を見せた。

激しい烈光に包まれる中、シアの静かな声が聞こえてくる。

「――さぁ、行きましょう。全ての始まりの地へ」

ヴェルディア大陸から空へ伸びる一条の光が、天を貫いた。

◆◇◆◇◆

「――派閥間の争い、ね」

齎《もたら》された情報に驚きを隠せず、ユーリは思わず驚愕の声を漏らした。

アルドヴァルド王国に潜り込んで情報を収集していた暗部《スパイ》の情報を報告したディネスもまた、この情報を腑に落ちないと言わんばかりに顔を顰《しか》めている。

「今までにはない事例ですね」

「えぇ。読み通りとは言えるけれども、らしくないわね」

アルドヴァルド王国は、ヴェルディア王国への侵攻により〈公王派〉が勢力を広げようとしていた。対する〈国王派〉は今後の実権を握られる可能性を危惧し、『魔人』に対抗できるだけの武力を必要としていた。私兵を幅広く募集しようと慌てて動いた隙を狙い、ディネスは暗部《スパイ》を潜入させることに成功したのだ。

こうしてあっさりと情報を漏らす隙を与えたという点も含めて、アルドヴァルドらしくない。きつく結ばれた国に綻《ほころ》びが生じた、と言うべきだろう。

報告書に再び目を通して、ユーリは目を眇《すが》めた。

「二王制——国王と公王なんて、ずいぶんと紛らわしい制度ね」

「まったくです。我々が知る国王リアネル・ノストラは、実際には公王と呼ばれる存在であり、本物の国王——『光牙《こうが》の魔女』——ですが、こちらは貴族に向けた情報では崩御《ほうぎょ》したと伝えられているようです」

「アルドヴァルドもまさかそれを民に知らせるわけにもいかないでしょうね。それで、接触に成功したのは〈国王派〉の貴族みたいだけれど、攻めてきているのは〈公王派〉だけ？」

「全ての勢力が判明したわけではありませんが、〈公王派〉の筆頭であるエフェル・レディアはヴェルディア大陸で姿を確認できています。〈国王派〉は静観しつつ、兵を集めていますね」

「ならこのまま〈国王派〉にアプローチを続けて。〈国王派〉を通じてアルドヴァルドへの窓口を設けるわよ。戦争で勝つのはもちろんだけれど、その後のことも考えると、〈国王派〉と渡りをつけておくのも悪くないでしょう」

「内側から崩す段取り、というわけですね」

苦笑するディネスとは対照的に、ユーリは得意気な様子で笑った。

戦争で失敗すれば、そのまま〈公王派〉は痛手を負い、築いてきた権力を失うだろう。そのときこそ、アルドヴァルド王国を内側から崩す好機なのだ。アリルタならばその機に乗じてアルドヴァルドを実質的に解体することすら可能だとユーリは確信している。

考えを巡らせる間訪れた僅《わず》かな静寂が来訪者の荒々しいノックによって破られた。返事を待たずに開かれた扉にディネスは一瞬苛立ちを露わにするが、入ってきた男の姿を見て目を見開いた。

「カ、カーサ将軍閣下！」

「邪魔するぞ、ユーリ！　おぉ、お前さんは確か……うむ、しっかり憶えておる。ディジーじゃな！」

「ディネスですよ、カーサ将軍。お久しぶりでございます」

ユーリに名前の間違いを指摘され、筋骨逞《たくま》しい大男、ブレイニル帝国将軍カーサ・ベンディルはがははと大きく口を開けて笑いながら「すまんかった！」と謝罪を口にした。

そして分厚く大きな手で、細く引き締まったディネスの背を叩いた。太鼓のように打ち鳴らされて彼女はしばらく咽《むせ》ていたが、カーサは一向に構う様子はない。二人の姿にユーリは苦笑を浮かべた。

「将軍、ディネスの骨が折れてしまいます」

「む？　おぉ、すまんな！」

「けほっ、い、いえ、大丈夫です。飲み物を用意してまいります」

涙を目に溜めて退室するディネス。その姿を尻目に、カーサは巨躯《きょく》を椅子に下ろし、ユーリと向かい合う。

「あの根暗国家《アルドヴァルド》が動き出したようじゃな、ユーリ」

「えぇ、遂に大願が成就すると陛下はお喜びです」

「ぶあっはっはっ！　相変わらずのようじゃのう、我らが姫は！」

「姫だなんて、陛下が耳にしたら臍《へそ》を曲げてしまいますわ、将軍」

「む、二人のときはお爺様と呼べと言うておるに」

「場所が場所です。ご自重ください」

「む……。久方ぶりに会えたと言うに、つれない孫娘じゃのう」

「お互いの立場をお考えくださいな」

孫娘と言われるが、実際にユーリとカーサの血が繋がっているわけでも、養子縁組しているわけでもない。

ブレイニル帝国軍の猛将――カーサは、ユーリと同じくアリルタに忠誠を尽くす。身の丈は二メートル近くもあり、鍛え上げられた身体は熊を思わせる。齢《よわい》四十八にして今もなおユーリの身体を覆うほどの大剣を振り回す戦神――それがカーサという男である。

幼少期のアリルタを知り、アリルタが気に入っているユーリを孫のように可愛がっているカーサ。その一方でブレイニル帝国内では強力な発言力を有し、アリルタを牽制《けんせい》するように敵対の姿勢を貫いている。

狂王と戦神が均衡を保つことで、互いの勢力の不満をうまく相殺《そうさい》するという政治家としての手腕も持ち合わせていた。

ユーリに冷たくあしらわれて口を尖らせているなどと、帝国貴族が聞けば耳を疑いかねない表情を浮かべたカーサであったが、身を乗り出した瞬間好々爺《こうこうや》然とした空気は一変し、研ぎ澄まされた刃を思わせる空気を纏《まと》ってユーリを見据えた。

「して、ユーリよ。此度《こたび》の戦、吾輩に任せて良いのか？　戦功をあげれば――」

「――発言力を増して貴族間のバランスに亀裂が入る、ですよね。問題ありませんわ」

カーサの言葉に先んじて、ユーリは続けた。

「私は陛下のご命令により、アルドヴァルドという国を傀儡《かいらい》せしめていた存在を討ちに行くつもりです。これによって戦功は互いにバランスが取れるであろう、とのことです」

「傀儡《かいらい》、じゃと？」

「ええ。アルドヴァルド王国の背後には『魔女』の存在がありましたので。私は味方数名とそちらを優先して動いております」

「……『魔女』、とはな。ガルソに『螺旋《らせん》の魔女』がいるのであれば、他にいても不思議ではないが……。アルドヴァルドは傀儡《かいらい》と化しておったのか」

喉を鳴らして唸ったカーサに、ユーリはこれまでに得た情報を説明しつつ、現在すでにアルドヴァルド内部に部下が潜入していることを伝える。

「――ふむ、派閥間の争いが『魔女』という頭を失って表面化した、とな。これは面白くなってきおった」

「随分と楽しそうですね」

「今までは不気味な霧のようなものであったからのう。ようやく姿がわかったのだ。視《み》えざる敵ならば斬り伏せることはできぬが、視《み》えていればどうということはなかろう」

ブレイニル帝国には世界を制覇しようなどという野望はない。ただ、これまで霧のように実体を掴ませなかった不気味な国であるアルドヴァルドが、ついに喉元を曝《さら》したのだ。敵として対峙するのであれば先陣を切って喰らい付く。それが帝国軍将軍の役目であるとカーサは自負している。

「ならば話は早い。まずはレイグの魑魅魍魎《ちみもうりょう》どもを叩き斬り、そのまま追い払ってくれる」

「その必要はありませんわ」

「む、すでに手を打ってあるのか？」

「えぇ、実は――」

ユーリの話を聞いて、カーサは目を丸くして呆然とした後でニヤリと笑った。

「――ほう、面白い。ならばその策、乗ってみようではないか」

「えぇ、既に彼女達が動き出したようなので」

そこまで言うと、ユーリの前にある机上で一つの丸い水晶――魔導具が光を放った。それを見たユーリは立ち上がって魔導具を持ち上げ、それを地面に叩きつけて砕いた。砕かれた魔導具は地面に魔法陣を描いている。

「どうやら、こちらも準備が整ったようです。『魔女』を討滅《とうめつ》してきます」

「ほう、面白い魔導具じゃな。――楽しんでくるといい」

ユーリは魔方陣の中心へ歩み寄ると、光に包まれて消えた。

6　全ての真実

眩《まばゆ》い光に包まれながら、スイは【転移魔法】独特の浮遊感の中にいた。

しばらくして、その不思議な感覚から解き放たれ、今度は風の中である。

頬を撫でる風に気づき、スイが目を開けると――

そのまま瞠目《どうもく》した。

目の前には、草原が広がっていたのである。

その風景には、何故か見憶えがあった。

スイの隣で、ファラが驚きの声を上げる。

「う、そ……」

「懐かしいね。もう二度とここには来れないと思っていたけれど……」

そう言ったアンビーは、かつて『魔女』がここで一堂に会したこと。そして、マリステイスと共に〈狂化〉の研究を進めたことを説明した。

ひと通り説明し終えた彼女が、ファラに笑いかける。

「ファラスティナ、キミも憶えているだろう？」

「……忘れるわけ、ない。ここは……マリーと私の家……」

雲一つない薄っすらと群青がかった空。

遠くに見える島の切れ目の外には、雲海が広がる。

さらにその下を見れば、遠く地上の大地と海が見ることができた。

スイも見憶えがあった。

そう、ここはスイが夢の中でマリステイス顔を合わせた場所。

空中に浮かぶ島なのだ。

かつてマリステイスとファラが暮らしていた家があり、ファラにとっては失われた故郷とも言えた。

未だに困惑と驚愕の表情を貼り付けたままのスイとファラ。

そんな二人にアンビーが言う。

「ここは結界が張ってあって、地上からは見えないんだ。それにここに転移しようにも、座標が狂っているらしくてね。どうやってもたどり着けないんだ。つまり、マリステイスしか来れなかった場所。だけど――」

ニヤリと笑みを浮かべるアンビー。

そのまま、ポケットから水晶を取り出すと、魔力を込めて地面に叩きつけた。

割れた水晶が散らばる地面には、魔法陣が浮かび上がっている。

魔法陣が眩いばかりの光を放つやいなや、その中からユーリが姿を見せた。

タータニアが光に目をやりながら呟く。

「ユーリ……？」

「タータニアさんも無事みたいね。それに……」

ちらりとシアを見て何者かと無言で尋ねるユーリ。

タータニアがシアの説明とともにここに来るに至った経緯を話す。

一部始終を聞き終えたユーリが短く礼を告げると、アンビーがユーリへ歩み寄った。

「待たせたね、ユーリくん。向こうもしっかり定着したかい？」

「ええ、問題ないわ。あの部屋とここはもう繋がったみたいね」

「滞《とどこお》りなく済んだようで何よりだよ」

最悪のケース——つまりはマリステイスとの戦いで、アンビーやシアが【転移魔法】を使えなくなってしまったときのために、避難転移用の魔法陣を定着させる。

ユーリが遅れて合流しなくてはならないと聞いて、用意していた物だったのだが、この場所で全てがハッキリするなら今の内に定着させるべきだと考えたのである。

「用意がいいのね」

「キミが私を騙しているとも考えられたからね。打てる手を打つのは当然じゃないかい？」

手際の良さを褒めたシアに、アンビーは悪びれる様子もなく答える。シアもまた、アンビーのあけすけな態度にも機嫌を損ねる様子はない。

「責めるつもりはないわ。私だってこの時代の人間が【転移魔法】を使えないなんて想像もしていなかったし、そもそも――ここで最期を迎えるのに帰る方法なんて気にならなかったから」

「私もそれは同じだよ。だけど、彼らは違うだろう？」

マリステイスと戦うことになれば勝っても負けても、シアには帰る場所も、帰るつもりもなかったのだ。

そしてそれは――スイにも言えることだと、シアは考えていた。

――最悪の場合は、あの子も消す必要がある。

そうした感情を見せないままシアの視線はスイを捉えていた。それに気づかないスイは、ファラを追いかける。

ふらふらと歩くファラの先で、突如として空間が歪《ゆが》み、何者かが姿を現した。

誰もがその姿に目を見開いた。

流れる銀色の髪を揺らし、スイと同じ蒼と金の瞳を持った女性。紫紺のローブに金色の刺繍《ししゅう》が施され、顔はスイと似て整っている。

「……マリー……」

ファラの声が女性の正体を告げた。

名立たる『魔女』の始祖、マリステイス。

彼女をモデルに造られたアーシャとは違い、柔らかな印象を与える丸みを帯びた目をしている。

その目を見て駆け寄ろうとしたファラの前にスイは即座に飛び出し、背中にファラを庇《かば》うように手を広げた。

「主様《あるじさま》、どうして……！」

ファラに背を向けたまま、スイは双眸《そうぼう》に剣呑な光を宿して口を開いた。

「今近づいたら——殺される」

「え……？」

瞠目《どうもく》するファラの視線の先で、マリステイスが口元に弧を描く。

「よく気づいたわね」

口調は穏やかだったが、その言葉を聞いた誰もが悪寒に身を強張らせた。冷たさを伴って放たれた声音《こわね》は、友好的とは到底思えるものではない。娘同然に可愛がっていたファラへの態度として、あまりにおかしい。

未だにスイとマリステイスのやり取りの真意がわからず、困惑するファラ。

スイはマリステイスを睨みつける。

「それだけ攻撃的な魔力をファラに向けるなんて、どういうつもりですか」

「役目を果たせないのなら、意味がないからよ」

「……マ、リー……？」

信頼していた母とも呼べる存在から、あまりに無慈悲な言葉がファラへ放たれた。

呆然とするファラには目もくれず、マリステイスはスイを見て眉を顰《ひそ》めた。

「おかしいわね。ここに来たのなら『宝玉』を回収したはず。なのにどうして、アナタに自我があるの？」

「……どういう意味ですか？」

「『宝玉』は彼が半分、そしてもう半分は私が持っているわ、マリステイス」

その声でやっと気が付いたというように、マリステイスの金と蒼の双眸《そうぼう》はスイの後方に佇むシアに向けられた。

シアが口を開く。

「久しぶりね、マリステイス」

「……真なる『魔女』である私を畏怖《いふ》していたアナタが、随分と気安く話しかけるのね」

「あの頃と今は違います」

静かに答えながら、やはり自分の推測は間違っていなかったとシアは確信を深めた。

「やはり、その子を――スイを利用するつもりだったのね」

「利用する？」

「とぼけないでください。その子を、スイをアナタの新たな肉体にする。そのために私達『魔女』から『宝玉』を介して力を回収した。――違いますか？」

それを聞いて、マリステイスは薄く笑った。

「……ふふふ。結論から言えば、シア。アナタの言う通りよ」

スイは警戒し続け、ファラと共にゆっくりと後方へ下がる。

そんな二人に、マリステイスが視線を向ける。

「……誤算だったわ。せっかく神の幼体を手に入れて懐かせたというのに、ここまで使い物にならないなんて」

聞き慣れない言葉に、スイが眉を顰《ひそ》める。

「神の幼体？」

「ファラ、アナタのことよ。偶然生まれ変わりの時期を迎えた先代の金龍が封印していた幼体。アナタには、私が拾ったと言っておいたけれど、正確には少し違う。私が無理矢理に封印を解いて、私の手元に置いたの。何かに使えるかと思って、ね」

でも——マリステイスは不気味に嗤《わら》う。

「私にべったりになるように甘やかして、スイの面倒を見るように約束させたけれど、どうやら思った以上に使えなかったのね。あれだけ我儘《わがまま》に育てたのだから、その身勝手さでスイを周囲から孤立させてほしかったのに」

ファラの顔が蒼白に変わる。マリステイスが何を言っているのか理解できなかった。

「え……？」

「常識のない子に育てたのに。まともになってしまったのでは意味がないわね」

ファラがスイのもとに現れ、契約を済ませた直後の頃。確かにファラは人を人として扱わないようなところがあった。人を殺すことさえ厭《いと》わない歪《ゆが》んだ性格。

マリステイスはファラに興味を失ったようにスイに目を移す。

「——それに、アナタに仕込んでおいた【魅了魔法】と【精神操作魔法】もいつの間にか解かれているみたい。そのせいで強い自我が生まれてしまったのね」

その言葉にスイは眉をぴくりと動かした。

自分にかけられていた【魅了魔法】については知っている。かつてヴェルでミルテアと出会った際にかけられていたことが発覚し、解除してもらった魔法だ。

だが、【精神操作魔法】については全く思い当たる節がない。

どういう意味だ、とスイが尋ねる前に、マリステイスが告げる。

「アナタ達はもうここに来たのだもの、今さら隠す必要なんてないでしょう？　最期を迎える前に、全てを教えてあげる。シアもアンビーも知らない、真実を」

そう言って、マリステイスは優雅に会釈すると、改めてスイ達を見つめた。

「私の名前はマリステイス。『白銀《はくぎん》の魔女』『始祖の魔女』あるいは現人神《あらひとがみ》なんて語られたりしているけれど、それらは全て間違っているわ。正確には、〈覚醒〉した——つまり〈狂化〉の力を得た、本物の『魔女』」

「——ッ、〈狂化〉を経て力を得た、だって……!?」

声を上げたのはアンビーである。

膨大な魔力に器が耐えられなくなり、自我を失い全てを喰らう化け物と化す〈狂化〉。『〈狂化〉した魔女』となって、自我を保つなど有り得ない。逃れられない宿命である。

アンビーの声に「その通りよ」とあっさりと答えて、マリステイスは続けた。

「アナタ達や代々の『魔女』達は、本物の『魔女』である私には到底及ばない取るに足らない存在。称号として『魔女』と呼ばれるに過ぎないわ」

「随分と言ってくれるじゃないか……！」

「事実だもの。――でも、力を〈継承〉させてきたおかげで、アナタ達の代になってようやく、全ての『魔女』を足せばまともと言えるレベルにはなってきた。と言っても、属性に特化することでなんとか最低限に達したアナタ達でも、〈覚醒〉には耐えることができないわけだけれど」

声を震わせてアンビが問う。

「……〈覚醒〉ね。さっきもそう言っていたけれど、それが〈狂化〉と関係あるのかい？」

「そうよ、アナタ達が〈狂化〉と呼んでいるそれは、〈覚醒〉の初期段階に過ぎない。〈狂化〉を制御して初めて〈覚醒〉する。それが私――本物の『魔女』」

まるで挑発するように肩を竦《すく》めて嘆息しながら告げた。

アンビーは何も言えずにいた。

マリステイスの言葉が真実であるはずがない。そう思う一方で、かつて感じたマリステイスの膨大な力の理由はそれなのかと、納得していた。

「驚くのも無理はないわ。でもね、〈覚醒〉したと言っても、私も元々は人間。せっかく得た力である『無』の力を、どうしても扱えなかったの」

『無』の力と聞いて、アンビーが声を上げる。

「〈覚醒〉で得た力が、『無』の力……？」

「えぇ、そうよ。どうにか扱えないかと試行錯誤してみたけれど、結論だけ言えば、この身体ではできないという事実だけが残った。——そんなとき、『魔女』達を見つけた。しかも都合良く、アナタ達は〈覚醒〉の初期段階である〈狂化〉を恐れて、私を探していた。アナタ達の〈継承〉を重ねて膨れ上がった力を見て、私は上の段階へ至る方法を見つけた。それがアナタよ、スイ」

突然名前を呼ばれ、スイは驚いた様子で呟いた。

「……僕？」

「そう。全ての魔女の力を『宝玉』を使ってアナタに〈継承〉させる。でもアナタは〈狂化〉しない。アナタの肉体は、〈覚醒〉した私と同じ——いえ、それ以上に『無』の力に最適化して生み出されているのだから。その髪と瞳の色と、何よりも『無』の力が扱えるというのがその証拠よ」

スイが疑問を差し挟む。

「じゃあ、『無』の力と『〈狂化〉した魔女』の力が似ているのは……」

「『無』の力を扱えずに、暴走させているのが、アナタ達の言う『〈狂化〉した魔女』だから、と言えばわかりやすいかしら」

それはかつてノルーシャが抱いた疑問でもあった。

スイが扱う『無』の力と、『〈狂化〉した魔女』の力は、似た性質を持っていた。その理由が明らかになり、同時にスイが『無』の力を扱える理由も判明した。

皆が呆然とする中、マリステイスは滔々《とうとう》と語る。

「そうして造られたのがスイ。けれど、そのままでは操ることはできなかったから、自我を持たないように【精神操作魔法】を施した。それに【魅了魔法】も。こっちはついでね。【魅了魔法】を使っていれば、周囲はアナタに違和感を抱くことができないから」

スイに【魅了魔法】がかけられていた理由は、【精神操作魔法】によって空虚にされた自我に周囲が違和感を抱かないようにするため。マリステイスが言う通り、【魅了魔法】は判断力を鈍らせる効果がある。

マリステイスはそのまま続けた。

「自我を持たない空虚な人間のまま過ごし、『宝玉』を回収し終え、私に『無』の力を十全に扱える十全たる器を提供する。アナタは、それだけのために創られた、仮初《かりそめ》の存在でしかなかったのよ」

スイが生まれたのは、『魔女』の解放のためではなく、マリステイスの新たな身体になるため。

あまりに突拍子もない話を聞かされたスイは、憤ることもなく淡々と受け止めている。

「僕が抵抗するとは思わなかったんですか？」

「私の【精神操作魔法】が存続してさえいれば、『宝玉』を得た段階でアナタの人格は完全に消失する予定だった。それぞれの『宝玉』に宿る私の思念がアナタの希薄な人格を塗り潰すのは、造作もなかったはず。——だから、予定が狂ったとしか思わなかったわ。まさかシアが私の救済の手を振り払って、アナタと『宝玉』を半分ずつ持ってここに来るなんて、ね」

全ての『宝玉』が集まれば、ここに辿り着くようになっていた。

しかし、その予定はシアの裏切りによって崩れた。

それでもマリステイスは余裕の態度のままである。まるで、子供が何か成しとげたのを褒めるといったように、スイ達に不気味な笑みを向けている。

不穏な空気が漂う中、怒りに声を上げたのはアンビーであった。

「マリステイス……！　キミは私達を——ノルーシャを騙していたのか！」

ノルーシャは、最期までマリステイスに感謝していた。

そして、マリステイスを死に追いやってしまったのは自分達だと後悔さえしていた。またスイに辛い運命を背負わせてしまうことも悲しんでいた。

——なのに、マリステイスから語られた真実は、ノルーシャの想いを無視したものだ。

その理不尽さが、アンビーは許せなかった。

マリステイスは嘲笑《あざわら》うように告げる。

「騙すなんてとんでもないわ。アナタ達は、〈覚醒〉に耐えられずに災禍《さいか》を振り撒《ま》くことを回避したい。私は新たな器を得たい。この二つの目的は、利害条件で一致しているわ。だから私は、アナタ達を歓迎した。それに事実として、ノルーシャはスイによって静かに逝けたのだから、恨まれる理由なんてないと思うのだけど？」

確かに、マリステイスは間違ってはいない。

ノルーシャが望んだのは、〈狂化〉からの解放である。

アンビーには言い返す言葉は見つからなかった。

しかし――

シアは、その理屈を正面から否定する。

「いいえ、マリステイス。アナタは私達を騙している。私達は世界を壊してしまうことを恐れて〈狂化〉からの解放を望んだ。けれど、アナタは新たな器を手に入れて、この世界そのものを破壊しようと望んでいる」

「……なんの話かしら？」

シアの言葉に、初めてマリステイスの表情が僅《わず》かに変化を見せた。

「それに、アナタは世界を自分の意のままに支配してきた。推測だけど――おそらく始まりは、アナタに対する人間達の信仰でしょう。エイネスの初期から始まったアナタへの崇拝。私達『魔女』

が世界から消えた後、アナタは人々の思想を支配し、自分の望む世界へと変えた」

「まるで見てきたように語るのね」

マリステイスが苛立つように言うと、シアは睨みつけた。

「レシュールは実際に見てきたのよ。私達が封印されている間に、アナタが何をしてきたのかを」

「で、私が宗教を操作していた、と言うの？　私がそんな真似をして、一体何の得があるのかしらね？」

「敵を作りたくなかった、といったところでしょうね。時の流れの中でアナタと同列の存在を作りたくなかった、と考えればどうかしら」

アンビーが疑問を挟む。

「どういう意味だい、シア」

「『宝玉』を渡した後、マリステイスは姿を消したのよね？」

「……『宝玉』を創ることで命を落とした、と私やノルーシャは考えていたよ。でも、こうして目の前に彼女がいるとなると、それは間違っていたようだけれどね」

「いいえ、おそらくその考えは完全に間違いというわけではないわ」

シアは一つの仮説を披露した。

「マリステイスは新たな器を手に入れるために、私達に『宝玉』を渡した。でもそれは、彼女にとってもリスクの高い賭けであって、かなりの力を消耗して動けなくなってしまった。――そして、この浮遊大陸から出られない身体になってしまった」

「……ある場所から離れられなくなってしまう、か。確かに力が足りずに一箇所に留まらなくてはいけないという制限が生まれることは珍しくはないね。『魔獣』なんかでも、そういう制限を持つ個体は珍しくないけれど、それが?」

魔素の濃い場所にしか生息できない『魔獣』の例をアンビーは知っていた。環境が変わってしまうと存在できない。当時、マリステイスはそういった状況に追い込まれていた可能性がある。

能面のように表情を消したマリステイスを一瞥《いちべつ》して、シアはさらに続けた。

「だから、恐れたのではないかしら。自分が弱っているときに、別の『魔女』が力をつけてしまうことを。そうして、マリステイス、アナタは自分の計画を成功させるために、二つの手を打った」

マリステイスの眉がぴくりと動いたのを、シアは見逃さなかった。その様子を見て確信を深めた彼女は、口角を上げて「まずは一つめ」とここまでの考えを口にした。

「浮遊大陸から出られなくなったアナタは、地上の人間達の思想を支配しようとした。もしも自分と同じ力を有する『魔女』が現れたとき、自分のほうが正しいと主張できるように。そうするために、自らを『神』とした宗教を広めた」

マリステイスは相変わらず無言を貫いている。さらにシアは畳み掛ける。

「しばらくして、ある程度魔力を取り戻したアナタは、もう一つの手を打った。『大魔法時代』——魔法が主流であった時代であるエイネスを緩やかに終息させ、ヘリンという『大魔導時代』——魔導具が主流となる時代を作り上げた。理由は明白よね。魔法を衰退させ、『魔女』が力を持つのを防ぐため。レシュールによってヘリンが滅ぼされて、アナタの目論見《もくろみ》は結果として阻止されたけれど、ね」

シアがひと通り推測を話し終えると、不気味な沈黙が流れた。

それまで憮然とした表情だったマリステイスが、突如としてくつくつと笑い出す。

「……さすがね。ええ、その通りよ、シア。アナタの推測は正しい。エイネスを終焉《しゅうえん》させ、人間から魔力を奪ったのは、私よ。それに、私がここから離れられないというのも正しいわ」

隠すつもりはないのだろう。マリステイスは相変わらず余裕の笑みを浮かべてシアの推測を肯定した。

シアが問い詰める。

「そこまでして、世界を破滅させようとする理由は何？」

『無』の力を使える器を求めてまで、「世界の浄化」を行おうとするマリステイス。レシュールの記憶を持つシアであっても、どうしてもその理由だけは判然としなかった。

マリステイスはふっと憂《うれ》いを帯びた笑みを浮かべて目を細めた。

「……ファラ、アナタは知っているわよね。私がこの世界をどれだけ憂いていたか」

突然自分に向けられた声に肩をぴくりと跳ねさせたファラ。

そして、怯えながらこくりと頷いた。

「私は人間を疎《うと》んでいた。私を崇《あが》め、畏怖し、近寄り、そして顔色ばかり窺《うかが》う人間達。私の強大な力を利用しようと擦り寄るくせに、自分の意のままにならないと知ると命を狙ってきた。殺そうとしてきた。もう忘れてしまうくらい、あまりに遠い過去の話。私が人間として生きていた頃の話よ」

先ほどまでの滔々《とうとう》とした口調とは異なる、悲しみを帯びた声でマリステイスは語る。

マリステイスが力を得た当時、彼女は少女であったが、その力はあまりに突出していた。人々は、彼女を崇める一方で、恐怖を抱いた。

銀髪という珍しい髪の色だったこともあり、「アレは人間ではない」と言われるようになった。化物扱いし、彼女を殺そうとする者も現れる。

こうしてマリステイスという一人の少女は、人々から孤立することになった。

「だから私は、人から逃げるようにこの場所にやって来た。いずれほとぼりが冷めれば、地上にも自分の居場所ができるんじゃないかと思い、下界を見下ろして生きていた。でも気づいてしまったの。――〈覚醒〉してから、私はもう、人間とは別の存在になってしまったのだ、と」

――気づくまであまりに長い時間がかかってしまったけれど。

そう付け加えて、寂しげにマリステイスは笑った。

「何十年、何百年経っても――いつの時代も人間は変わらない。擦り寄り、利用し、恐怖し、殺そうとする。その度に私はここに帰ってきた」

――そこからマリステイスは、変わったのだ。

「それで『魔獣』を生み出した。〈覚醒〉した私の力を分け与えて、世界に混沌を振り撒こうと考えたの。その頃には私も人間を見限っていた。滅びてしまえばいいと考えていた」

シアが声を上げる。

「――ッ、『魔獣』を生み出したのは、アナタだったの……」

「ええ、そうよ。なのに、シア。アナタ達のような存在が生まれてしまって、邪魔されることになったわ。だから私は、自らの手で世界を綺麗にする道を選んだの」

それが「世界の浄化」である。

聖典の最終章「世界の浄化」に書かれていたのは、マリステイスによる、世界を破滅させるための計画であった。

――流れる沈黙。

その空気は、スイの震えた声によって打ち破られた。

「フザけるな……ッ！」

いつものスイとは違う怒気を纏《まと》った、荒々しい声。

放たれた魔力が風となり、俯く銀髪を揺らしている。

「僕は、アナタの苦しみの全てがわかるわけではないし、背負うこともできないけれど、それでも、世界を破滅させようなんて考えは理解できない！」

マリステイスを睨みつけ、スイは続けた。

「今を生きている人を巻き込むなんて赦《ゆる》さない！　アナタを信じてきたファラを裏切ったことも、ノルーシャ様の死を冒涜するような態度も、僕は赦《ゆる》さない！」

「主《あるじ》、様《さま》……」

マリステイスが経験してきた悲劇は、スイも共感することはできた。人を信じられなくなってしまうのも無理はない。彼女の憎しみの果てに自分が生まれたことについても、嘆くつもりもなく、受け入れていた。

スイが憤ったのは、自分のためではない。

マリステイスを信じたノルーシャ、ファラ、そして——今を生きる人々すら巻き込んで消し去ってしまおうという傲慢《ごうまん》な考えに震えたのだ。

「僕はアナタの思い通りにならない。もう一度言う。何度だって言おう、マリステイス。アナタの願うような世界の破滅なんて認めない。僕はアナタを――否定する」

「……抗《あらが》うというの？　『魔女』ですら勝てない、この私に？」

成り行きを見守っていたタータニアがスイの隣へ歩み寄る。

「戦うしかないでしょうね。私も誰かの勝手で殺されるなんてごめんだし、ね」

そう言って彼女は、背中に背負った剣の柄に手を添えて腰を落とした。

「『世界の敵』を倒す。陛下のご意向に応えるのが、家臣の務めというものかしらね」

さらに反対には、ユーリが杖を持って構えた。

「シア、私としてはスイ君側について後顧《こうこ》の憂いを断ってから、私達も素直に消してもらうというのが妥当だと思うけど？　もしスイ君を殺す、という選択をするなら、私が相手させてもらうけど？」

「……冗談にしては笑えないわね。この状況で敵を間違えるなんて、あると思っているの？　私の敵はそもそも、マリステイスただ一人よ。元凶を討てるなら、迷う必要なんてないじゃない」

二人の『魔女』もまた、タータニアとユーリの隣に並んだ。そんな光景を目にしながら、マリステイスがそっと呟く。

「……来なさい、ニーズヘグ」

マリステイスの後方に魔法陣が浮かび上がり、黒い飛翼が姿を現した。

赤い瞳を有し、ファラの龍型の姿よりも二回りほどは大きい。その黒い龍は耳を劈《つんざ》くような咆哮《ほうこう》を上げて、翼を広げた。

シアが、思わず息を呑む。

「……災厄の龍、ニーズヘグ。まさかアナタの〈使い魔〉だと言うの……？」

時代の節目に姿を現し、数多くの国を火の海に沈めた邪龍。エイネスの時代にその姿が確認され、災厄を齎《もたら》す存在として伝承に残されている。

「マリステイスは『無』の力で魔法を無力化する。魔法の効かない彼女とまともに戦えるのは、【魔闘術《まとうじゅつ》】を使えるスイ君と、タータニア嬢ぐらいなものだろうね。そっちは、ユーリくんに補助してもらうとして……。私達の担当はこの黒くて大きいヤツかねぇ」

ため息を吐くアンビーに、シアが呟く。

「レシュールとヒノカの力を得たと言っても、あれと正面から戦うのは遠慮したいところなのだけれど。——ファラスティナ、アナタはこっちに来なさい。どうせアナタもマリステイスとは戦えないでしょう？」

そう言われたファラは、スイのほうに目を向けた。

スイは小さく頷くと、急に真剣な表情を見せ、ゆっくりと口を開く。

「ファラ、この前の質問の答えを聞かせてほしい。——ファラは、僕と一緒に戦える?」

以前、答えてもらえなかった問い。

最愛のマリステイスを、親のように慕っていた彼女を、敵に回すことができるのか——

ファラは、スイの真っ直ぐな眼差しを受け、小さく頷いた。

「私は、主様《あるじさま》の〈使い魔〉。私の帰る場所は主様《あるじさま》のところだよ」

スイは、表情を緩ませた。

「……ありがとう、ファラ」

スイの言葉に笑顔を見せると、ファラはニーズヘグに対抗するように、本来の金龍の姿となった。

そして天高く飛び上がる。

気怠そうな目を向けるマリステイス。

しかし、その口元には不気味な笑みが浮かんでいる。

「——さぁ、始めましょう。これが最後の戦いよ」

その言葉を皮切りに、戦いの火蓋が切られた——

7　反撃の狼煙《のろし》

エイネスの遺物『魔導研究所』。広々としたその一室には、ここを私的な研究所として利用しているアンビーによって、様々な機器が持ち込まれ雑然としていた。

ベッドに横たわる一人の少女に、アーシャが口を開く。

「それじゃあ、始めましょうか」

寝台の少女、アンジェレーシアがぴくりと身体を動かす。

彼女は緊張しているようだった。

しかし、アーシャは気遣うことも臆することもない。淡々と作業をこなすように、アンジェレーシアのパーカーをはだけさせた。

胸元に浮かび上がっていたのは、不気味な紋様である。

「――これが、『魔人』の力を定着させている魔法陣のようですね」

紋様を見つめながら、シャムシャオが冷静に告げる。

「酷い……」

ミルテアは顔を歪めた。

「……円の中心に心臓があるみたいね」

アーシャは何か考え込むようにして口元に手を当てる。

双丘の間に刻まれた黒々とした魔法陣。それは、アンビーが以前スイに説明したように『移植《いしょく》魔眼《まがん》』の魔法陣と同じような形していた。

アンジェレーシアが、見つめられていることに気づいて視線を泳がせる。彼女を凝視していたアーシャと目が合った。

「……な、何さ」

「別に何も思ってないわ」

「嘘だね。ボクを憐《あわ》れんでいるんだろ」

吐き捨てるように言い放つアンジェレーシア。

アーシャは、聞こえよがしにため息を吐く。

「……被害妄想も甚《はなは》だしいわね」

「な……ッ！」

「いちいち噛み付かないでもらえるかしら。ただ――いえ、なんでもないわ」

唐突に言葉を切ると、アンジェレーシアは、眉を顰《ひそ》めてアーシャを睨みつけた。

「今何か言おうとしたでしょ。気になるんだけど」

「気にするほどのことじゃないわ。私の問題だもの。——ミルテア、診てもらえる？」

「ふぇっ？　あ、はい！」

急に話を振られたミルテアが慌てて返事をする。そして、静かにアンジェレーシアの胸元にそっと手を当てた。

スイにかけられていた【魅了魔法】を解き、多くの魔導兵器を破壊してきたミルテアの【浄化の光】。この魔法は便利とは言い難く、解く対象となる術式への深い知識がなければ、使用することはできない。

ミルテアは、これまで数多くの書物に学び、たくさんの魔法陣、そしてその効果を学んできた。スイがかけられていた【魅了魔法】も、過去に文献で目を通したことがあったおかげで、あっさりと消すことができたのだ。

しかし目の前にある魔法陣は、完全に未知のものであった。強引に破壊することも可能だが、人体にどんな影響があるかわからない。

ミルテアは目を閉じて精神を集中させると、魔法陣の情報を読み取っていった。

頭の中に流れ込む情報の複雑さ、膨大さに、ミルテアは眉間に皺《しわ》を寄せる。

アンジェレーシアが、アーシャに話しかける。

「ねぇ、さっきの話なんだけどさ」

「ミルテアの集中が途切れるわ。黙ってなさい」

「聞こえてないみたいだし、いいじゃん。それで、何て言おうとしたの？」

——不安、なのだろう。

アーシャは、彼女の心中を察した。

ミルテアの力が及ばなければ、アンジェレーシアは助からない。

これはアンビーの言だ。

こうして解放を試みているが、成功するかわからない。

——もしかして自分は助からないのではないか。

黙っていると不安が押し寄せてくるため、話しかけている。震えるアンジェレーシアの声が何よりの証左だ。

アーシャが、優しく応える。

「アナタは『魔人』かもしれないけれど、人よ」

「どういう意味さ、それ。——ハッ、まさか失敗しても人であることを忘れるなとか、そういう綺麗事でも言いたいわけ？」

アンジェレーシアは荒々しい獣のような気配を宿して睨みつける。

「……はぁ、面倒ね」

アーシャが嘆息する。

さらに反論しようとしたアンジェレーシアに先んじて、アーシャは続けた。

「卑屈になる気持ちがわからないわけじゃないわ。自分の境遇を嘆いて、全てを投げ出したいと思ったことは私にもあるもの」

「……どうだか。ボクの苦しみなんて、キミにわかるはずない」

「えぇ、そうよ。それと同じで、私の苦しみをアナタが知るはずもないでしょ？」

「はっ、苦しみだって？　人として扱われずに、薬をもらって生きていくしかなかったボクと、何不自由なく生きるキミ。そんなの話になるわけないじゃないか」

「えぇ、そうかもしれないわね。悪いけれど、不幸自慢したいだけなら他を当たってもらえるかしら」

「そんなんじゃないっ！」

あくまでも冷静に答えるアーシャ。その態度が、心にゆとりがないアンジェレーシアは面白くなかった。それでも、黙っていると不安が再び押し寄せてくる。

アンジェレーシアはしばらく沈黙していたが、居心地の悪い空気に折れた。再びアーシャに顔を向ける。

「ごめん。八つ当たりだった」

「構わないわ」

「むぅ……、ボクと同い年ぐらいのクセに、随分と大人びてるよね、キミは」

「同い年なんて、そんなわけないでしょ。私が造られたのは数百年も昔の話だもの」

「え……？」

生まれた、ではなく造られたと言った。

アンジェレーシアは瞠目《どうもく》した。

「冗談にしても笑えないんだけど？」

「冗談じゃないわよ。アナタもアルドヴァルドに関係していたんでしょう？　私のこと知らないの？」

「知らない。スイってのに随分と似てるなぁって思ったけど」

「……スイね、似ていて当然よ。私は――『銀の人形』。名前ぐらいは知っているんじゃない？」

「ううん、知らない」

「……そう」

「なんなのさ、その『銀の人形』って。それに造られたって」

「知らないならいいわ。別にアナタが知らなきゃいけない話じゃないもの」

「気ーにーなーるー！」

そう言って、口を尖らせるアンジェレーシア。

教会にいた小さな子供のようだと思いながら、アーシャは黙っていた。

呆れてそれ以上話そうとしないアーシャから視線を外して、アンジェレーシアが再び口を開く。

「……ボクら『魔人』は、孤児だったんだよね。『魔人』になるまでずっと身体を鍛えたり、おかしな魔導具を付けられたりの毎日さ。それは嫌だったんだけど、ボクの周りにはボクと同じような子供しかいないからね、それが普通だと思ってた」

物心ついた頃から、アルドヴァルドの研究所で過ごしてきた彼女にとって、比較できる相手は周囲にいる同じ境遇の子供達ぐらいだった。

自分が不幸だとわからないまま日々は過ぎ、『魔人』となって外に出た。そのときになって初めて、自分達と世間との間に存在する深い溝を知った。

さらにアンジェレーシアは続ける。

「街の人は、ボクらとまったく違う生き方をしていたんだ。最初はそんなの気にするつもりはなかった。ボクらにとっての家は研究所で、それ以外に帰る場所なんてないし、『魔人』になってからはそんなに辛いこともなかったんだ。――だけどある日、ボクらの仲間の一人が、突然死んだ」

それはガルソで、スイと邂逅《かいこう》を果たすよりも前の話。

一人の『魔人』が、薬を摂取しなかったために、あっさりと命を落としたのだ。アンジェレーシアの目の前で。

眠るように動かなくなり、身体が冷たくなっていく様子に、『魔人』の子供達は酷く狼狽《うろた》え、怯え、騒然となった。

「――そのときに言われたんだ。ボクらは薬がなくちゃ生きていけないってさ」

寝台横のテーブルの上に無造作に置かれた薬の袋。それを見つめながら、尚もアンジェレーシアは続ける。

「八つ当たりだったのかもね。何も知らず学もないボクらは、呪わしい境遇への怒りを、普通に生きられる人達にぶつけるしかなかった。そう教えられてきたからっていうのもあるけれど。だから、薬をもらうために、明日を生きるために、他人を不幸にするのに抵抗なんてなかったよ……」

初めて『魔人』の成功例が生まれたのは、三年前。

アルドヴァルド王国は、東のとある小国で、『魔人』を使った様々な実験を行った。そして、その結果、『魔人』は『魔獣』との間に、強い親和性を持つことが判明した。

改めて軍事的利用価値が明らかになった『魔人』は、それ以降、兵器としての側面をさらに強めていく。

「さらにスイってのに会った頃から、ボクらの実験はどんどん過激になっていったんだ。それと一緒に、ボクの周りにいた皆は、おかしくなっていって……。ボクも最近はそうだったよ」

『魔人』といえど子供である。未成熟な心のまま、彼女達は厳しい現実に直面させられていた。過酷な環境の中で、『魔人』達に様々な異常が現れ始める。

命令違反する者、人を殺したことで心を壊す者、自ら死を選ぶ者さえ現れた。

「……ホントなら、ボクらは助かっちゃいけないんだと思う。このまま死んだほうがずっといいのかもしれないって思う。でも……！　生きたいって思っちゃ、ダメ、なのかなぁ……」

溢れた涙がぽろぽろと零《こぼ》れていく。

その様子を見て、アーシャはゆっくりと目を閉じた。

「……もしもアナタが生きてはいけない人間なのだとしたら、私もそうよ。私は『銀の人形』として、一つの時代を終焉《しゅうえん》に導いたのだから。いわば、災厄を齎《もたら》す存在だもの」

今のような自我が芽生える前のアーシャは、その美しい見た目と【魅了魔法】で、ヘリンの時代の有力者を思いのままに籠絡《ろうらく》し、世界中で戦争を起こさせた。

多くの人を殺したということには変わりはないが、自分の罪のほうが遥かに重い。その一方で、自分とこの子は似ているとも感じていた。

アーシャが、ふと視線を移したとき。

ミルテアが目を開けた。

「――解析完了しました！　いけますっ！」

「始めてちょうだい」

アーシャの声を合図に、ミルテアの【浄化の光】が発動する。

アンジェレーシアの胸元から眩《まばゆ》い光が溢れ、ガラスが割れるような甲高い破砕音《はさいおん》が響き渡ると、胸元に刻まれていた忌々《いまいま》しい魔法陣は、すっかり消え去っていた。

「やりましたっ！　成功、成功ですよ、アーシャさんっ！」

「えぇ、ご苦労様」

歓声を上げてはしゃぎ回るミルテア。

アンジェレーシアは起き上がろうとしたが、身体から力が抜けて上手くできない。再び崩れかけ、アーシャに支えられた。

そうしてアンジェレーシアは魔法陣から解放されたことを確認し、瞳に涙を溢れさせる。

アーシャが静かに口を開いた。

「さっきの続きだけれど……」

くしゃくしゃに歪《ゆが》むアンジェレーシアの顔を見つめながら、アーシャは小さく微笑んだ。

「過去は変えられない。だけど、自由を得たのだから、これから先に生きる未来は変えられる。——以前、私の過去を知ったどこかのお人好しは、私にわざわざそんなことを伝えてきたわ」

アンジェレーシアは、さらに瞳に涙をためている。

「……いい、の？」

——自分は生きていても良いのか、自分の犯した罪は許されるのか。

様々な想いを胸に、アンジェレーシアはようやく言葉を吐き出した。

アーシャは、二年半前の自分と似た境遇にいる少女を一瞥し、静かに答える。

「犯した罪を消し去ることはできないわ。過ぎ去ってしまったことはどうしても取り返しがつかないし、奪った命は帰らないけれど。でも、少なくともアナタは、同じ境遇の仲間を助けられるようになったのだから。自分なりに償う道を探すのは、それからでもいいはずよ」

「——ッ、うん、うん……っ！」

くしゃくしゃの顔で、アンジェレーシアは何度も頷く。

はだけそうになっている胸元を直してやると、アーシャは振り返った。

「ミルテア」

「な、ななな、なんでしょう！」

「このまま全ての『魔人』を集めて、魔法陣を解除するわよ。でもその前に、こんな呪うべき術式を幼気《いたいけ》な少女達に施した者達には、それ相応の報いを受けてもらおうと思っているのだけれど……」

「そ、相応の報い……？」

くすりと笑うアーシャに、ミルテアは「ひっ⁉」と小さな悲鳴を漏らす。

二人に背を向けられたまま、アンジェレーシアは小首を傾げていた。

◆◇◆◇◆

ヴェルディア王国の南東部から、進撃を続けるアルドヴァルド王国部隊。

戦局を見つめる〈公王派〉エフェルは、くつくつと込み上げる笑いに肩を揺らしていた。

同行の貴族が、彼に耳打ちする。

「順調ですね。この調子なら二ヶ月もかからずに落とせそうです」

それを聞いて、さらに肩を揺らす。

現在、籠城《ろうじょう》して抵抗しているヴェルディアの都市も、『魔獣』と魔導人形の襲撃により陥落寸前である。

人同士の戦争であれば、夜に戦闘は落ち着くが、『魔獣』は夜通し動く。予め大量の魔導人形を準備していた甲斐もあり、あと二日ばかり攻め続ければ占領できるであろう、というのが斥候《せっこう》からの報告であった。

エフェルがニヤニヤとしながら、側近に向けて呟く。

「ヴェルディア王国を支配下に置けば、〈国王派〉も沈黙せざるを得ないでしょうね」

「しかし、ヴェルディアにばかりかまけていてよろしいのですか？　国内では〈国王派〉が私兵を集めて我々に対抗しようと考えているようですが……」

「『魔獣』一体を倒すのに、最低でも三人程度の兵が必要になるのです。我々の持つ『魔獣』達の三倍の兵力を集めるなど不可能に近い。それに、公王リアネル陛下のお膝元で〈国王派〉が兵を集めれば……。叛逆《はんぎゃく》を疑われても仕方ないでしょうね」

「ほう、叛逆者として〈国王派〉を一掃なさるおつもりですか？」

「この大陸の戦争が終わればすぐに……、と言いたいところですがね。この大陸を占領するのに人手が必要でしょう。せっかく肥沃《ひよく》な地を手に入れるのですから、それなりに名のある御仁に尽力して頂かなくては」

「まさか、この地を〈国王派〉に任せるおつもりで？」

「ええ、それで構わないでしょう。我々には『魔獣』を操れるというアドバンテージがあるのですから。もし彼らが謀反《むほん》を企むようであれば『魔獣』をけしかけてやればいいのです。〈国王派〉に『魔人』を造る能力はありませんからね」

エフェルの考えの根底にあるのは、アルドヴァルドを大国に押し上げたいという思い、そして〈国王派〉への強い憎しみだ。

彼は、ただ国の地位を盤石なものにするだけでは飽き足らず、この機会に〈国王派〉を自分に跪《ひざまず》くまで貶《おとし》めてやりたいと考えていた。

また、彼は公王リアネルにさえ忠誠を誓っているわけでもなかった。彼女を排し、いっそ国の実権を握ってやろうという密かな野心まで持っていた。

エフェルのもとへ、伝令が走る。

「報告します！　ヴェルディア王都より、ブレイニルとヴェルディアの混成部隊が出撃。数はおよそ二万！　レイグへと向かっていると思われます！」

「痺《しび》れを切らして王都の防衛を手薄にしましたね。予定通り、王都を攻めましょう」

エフェルはほくそ笑み、この戦争の勝利を確信して指示を出した。

——そして、戦況は劇的に動き出す。

エフェルのもとへ、別の伝令が駆けつけた。

顔面を蒼白にして告げる。

「も、申し上げます！　各街より全ての『魔獣』が撤退を開始しました！」

事態を呑み込めず、エフェルは眉を顰《ひそ》める。

「な……ッ！　全てだと!?　どういうことだ!?」

「わ、わかりません！　まるで統率されているかように、移動を開始しております！」

「統率……？　『魔人』は何をしている！」

「そ、それが、全ての『魔人』から連絡が途絶えて、消息を絶っております……！」

「逃げたというのか、馬鹿げてる！　一人二人ならばいざ知らず、一斉になんて有り得ないッ！」

想定していなかった事態に困惑するエフェル。

『魔人』は薬によって命を握っているため、裏切ることはないと考えていた。薬という見えない首輪をつけ、もし裏切れば他の『魔人』の薬も渡さないと言い含め、行動を制限していたのだが……。

新たな伝令が顔を青白くして駆け寄る。

「ほ、報告します！　ま、『魔獣』の群れが……！」

「それはさっき聞いた！」

「い、いえ、『魔獣』の群れがこちらに向かっています……！」

「な、んだ、と……？」

「各街から一直線にこちらに向かって来ているのです！　すでに足の速い狼型の『魔獣』はすぐ前方に……！」

一瞬にしてエフェルの顔色が変わる。

しかし焦りは見せない。

「ぐっ、狼狽《うろた》えるな、愚か者！　こちらには三万の兵がいるのだぞ！　『魔獣』なんぞ蹴散らせ！」

これまでアルドヴァルド軍は、『魔獣』と魔導人形に戦闘を任せてきたため、人間の兵は一切失っていなかった。

エフェルは、それを踏まえつつ作戦を考え、進路を移すように指示を飛ばした。

◆◇◆◇◆

包囲される前に進路を移したのが功を奏したらしい。

一晩ほどかかったものの、『魔獣』の一時的な撃退には成功したが……。

満天の星空の下、天幕の中でエフェルの怒声が響く。

「おのれ……、『魔人』どもめ！」

アルドヴァルド軍の損害は甚大であった。

すでに兵力は半分にまで落ち込み、進路を外れたことで大陸中央部の原野へと追い込まれている。

また後続の輜重隊《しちょうたい》は『魔獣』によって食い荒らされてしまった。

「このままではヴェルディア侵攻など夢のまた夢……。食糧を載せていた輜重隊《しちょうたい》も半分以下にまで減っています。今回は失敗でしょう、エフェル卿」

側近の者が、わざとらしくエフェルに告げる。

当然、兵士の士気は下がっていた。

『魔人』の裏切りが判明してから、エフェルの求心力の低下は著しい。

兵士の士気を上げるには、街や村を襲って略奪に手を染めるぐらいしか方法がないが、周囲には小高い丘があるばかりで、村や街の姿は確認できない。

天幕内には、エフェルの失策を咎《とが》める声さえ上がらなくなっていた。

兵士の一人が言う。

「このままでは、レイグに向かったという、ヴェルディアとブレイニルの混成軍と鉢合わせになります。夜明けとともに引き返しましょう」

それぞれの街に出していた斥候との連絡も『魔獣』襲撃により途絶えていた。すでに戦況を掴むことすらままならない。

そこへ――転げそうな勢いで男が現れた。天幕の門番が男を制して声を上げる。

「何事だ、騒々しい！」

「も、申し訳ありません！　ですが、一刻を争う事態です！　周辺を囲まれております……！」

「何を……！　敵の詳細は!?」

「ヴェルディア、ブレイニル混成軍、おそらく数は——四万です！」

彼らの心を折るように、更なる凶報が舞い込むのだった。

◆◇◆◇◆

——丘の上から原野を見下ろし、カーサは呆れ混じりで嘆息する。

「——ユーリの言う通りじゃな」

事の発端は先日のユーリとの話し合いだった。

彼女から言われたのは、ヴェルから二万の部隊をレイグへと送り込むこと。

ヴェルに先乗りしていたカーサは、さらにブレイニル大陸から連れてきた二万の部隊を率いて、レイグに移動を開始していた。

そして、ユーリから指示されたこの場所で待機していると、全ては予定調和であると言わんばかりに傷ついたアルドヴァルド軍がやって来たのである。

眼下に広がる奇妙な光景に、部下達は口々に疑問を漏らす。

「あの程度の軍勢でヴェルディアに攻め入ったのか」

「『魔獣』の姿が見えんぞ、一体どうなっているんだ？」

部下には、アーシャ達により『魔人』が解放され、『魔獣』がアルドヴァルド軍を急襲したことは知らされていない。

この戦争は、あくまでもカーサの手柄。ユーリは『魔女』の脅威を取り除くことで、その戦功が評価される。これがアリルタの筋書きなのだ。

元より戦闘好きなカーサにとっては、このように楽をしていては、もどかしいが、政治的な判断として理解していた。

カーサが自嘲するように呟く。

「やれやれ。この戦争が終わったら隠居でもしてしまおうかのう」

本気には思えないが、かと言って冗談にも聞こえない。そんなカーサの一言に、慌てたように部下が釘を刺す。

「冗談キツいですよ。カーサ将軍がいきなりいなくなったら、帝国は揺らぎます」

「むぅ。もう少し年寄りを労らぬか。――まぁ良い、始めるぞ」

そう言うとカーサは顎を動かし、拡声用の魔導具に向かって息を大きく吸った。

そして大声を張り上げる。

「突撃ィイッ！」

――おおおぉぉぉッ!!

夜闇を切り裂くような怒号と共に、丘の上から槍を構えた歩兵が駆け下りていく。

兵力はブレイニルとヴェルディアの混成軍四万に対し、アルドヴァルドは三万弱。

数だけ見れば接戦。

だが、すでにアルドヴァルド軍は作戦の失敗と食料不足、さらに軍師エフェルの求心力低下により、士気は著しく低下していた。

瞬く間にブレイニルとヴェルディアの混成軍は戦場を支配していく。

「降伏するならば命までは取らぬ！　しかし戦うというのなら容赦はせんぞ！」

将軍でありながらも堂々と先陣を切り、戦場を駆けるカーサ。

その力と迫力を前に、戦線はあっさりと押され、アルドヴァルド兵は次々と武器を投げ捨てていった。

接触から数十分と経たずに、アルドヴァルド軍はあっさりと瓦解《がかい》するのだった。

「この調子ならばすぐに首魁《しゅかい》の首も取れそうだが……む？」

手応えのない戦場に拍子抜けするカーサは、アルドヴァルド軍の天幕を睨みつけ、何やら騒動が起きている気配を感じ取った。

――そこでは、情けない男達の悲鳴が響き渡っていた。

「ひぃぃっ！」

「た、助けてくれ！」

狼狽《うろた》えるエフェルら〈公王派〉の貴族達を前に、アーシャは膨大な魔力を放ちながらゆっくりと歩み寄る。

「そんなに怖がらなくてもいいと思うのだけれど？」

男達が外へと出ようと振り返れば、天幕の出入口は分厚い氷に覆われてしまう。

すでに退路は完全に断たれていた。

「一体何者――いや、その姿は、まさか……！」

「銀の髪に整った顔……。ぎ、『銀の人形』……？」

「ええ、そうよ。アナタ達の祖先に利用された存在。さすがにアルドヴァルド王国の重鎮だけあって、私のことを知っているみたいね。話が早くて助かるわ」

アーシャがパチンと指を鳴らすと、男達の目の焦点が合わなくなり、表情から力が抜けていく。

陶然《とうぜん》とした表情を浮かべた男達はアーシャに手を伸ばそうとするが、ひと睨みされて頭《こうべ》を垂れ、跪《ひざまず》いた。

「アナタ達は『銀の人形《わたし》』を利用して一つの時代を終わらせて、今度は『魔人』を利用しようというの。卑怯で卑劣、傲慢《ごうまん》で下劣よ」

今アーシャが使用したのが、ヘリンの終焉《しゅうえん》の引き金を引いた魔法――【魅了魔法】である。

『氷の宝玉』の代わりに与えられた核であっても、その力は当時と同じく人を魅了する程度のことは容易《たやす》い。

地面にひれ伏す男達へ、アーシャは続ける。

「私はね、柄にもなく怒っているの。私の過去についていては、多少なりとも怒りは冷めたわ。七十年以上も前のことだし、復讐に囚われてほしくないと訴える弟がいるから」

けれど、と付け加えてアーシャが言葉を切る。そして、手を伸ばしてアーシャに触れようとするエフェルの手の甲を、思いっ切り踏み付けた。

「人の命を弄《もてあそ》ぶようなアナタ達を許せるはずないでしょう――虫唾《むしず》が走るわ」

アーシャが侮蔑《ぶべつ》を露わすると、天幕の中の空気が文字通りに凍りついた。

吐息は白く染まり、跪《ひざまず》いたままカチカチと震えて歯を鳴らすエフェル達。その身体を覆うように、アーシャの冷気が支配する。

「復讐したいと、あの子達は願ったわ。けれど、私はそれを許さなかった。何故だかわかるかしら。もちろんあの子達にできないわけじゃないの。『魔人』の力を失ったとはいえ、アナタ達を殺すぐらいの力はあるのよ」

パキパキと音を立てて、室内に置かれた燭台《しょくだい》やテーブルが凍りついていく。その音を聞き、エフェル達は震え出す。

アーシャは再び彼らから離れた位置で立ち止まり、滔々《とうとう》と続けた。

「あの子達は幼いの。アナタ達の復讐を許せば、いつか心を蝕《むしば》むことになるわ。綺麗事だと思わなくもないけれど、アナタ達の命を奪う役目はあの子達の未来にとって良いものではないの」

「……う、ううあああぁぁぁっ！」

ついに決壊したかのように、男達が一斉にアーシャに向かって襲いかかる。

アーシャは動じることもなく、ゆっくり魔法を唱えた。

「せいぜい、砕かれないことを祈りなさい。――【永劫の氷棺《アイスコフィン》】」

エフェル達の身体は一斉に氷の棺《ひつぎ》に囚われ、その場から動かなくなった。

氷の中で狂乱の表情を浮かべている。

アーシャは、顔色一つ変えることなく髪を手で払って嘆息した。

「串刺しにしてあげたいところだったけど、アナタ達は戦争を起こした張本人でもあるものね。そう簡単に死んでもらうわけにはいかないわ」

それだけ告げると、アーシャはドレスのポケットから転移用の魔導具を取り出し、地面に叩きつけた。

「復讐したら少しはスッキリするかと思ったけれど——何も変わらないものね。虚しいだけだったわ」

声だけがその場に残り、アーシャの姿は霧散するのだった。

その後、カーサの部隊による急襲を受け、アルドヴァルド軍は投降を余儀なくされた。魔法を解かれたエフェルらは精神を壊したまま、全てを洗いざらい吐くのであった。

こうして戦争の幕は、あまりにも呆気ない形で下ろされた。

8　始まる戦い

戦いは、ファラによるニーズヘグへの体当たりで口火を切った。

マリステイスの後方にいた邪龍は吹き飛ばされる。

まさに電光石火であった。

しかし、身体の大きさはニーズヘグに軍配が上がる。後方へ弾き飛ばされながらも翼をはためかせて滞空し、反撃に黒炎を吐き出した。

ニーズヘグのブレスが中空を走る。

相対したファラが大きく息を吸って得意の光線を放ち、押し返そうと試みる。さらにシアとアンビーが、ファラの支援に回った。

早速、アンビーが魔法を展開。地面を隆起させ、分厚い土の槍を伸ばす。

その横で、シアは、『光牙《こうが》の魔女』レシュールと『紅炎《こうえん》の魔女』ヒノカの力を受け継いだ、光と炎の強力な魔法でファラの光線を後押しする。

そうしてニーズヘグの黒炎を相殺《そうさい》した。

その光景を見たアンビーがシアに笑いかける。

「これで、やっと相殺だなんて……。さすがとしか言えないねぇ」

「邪龍の名は伊達《だて》ではなかった、ということかしらね」

二人の『魔女』のぼやく声が零《こぼ》れる。

ニーズヘグがさらに上空へ飛び、アンビーの作り上げた土槍を回避。そのまま再び黒炎を放とうと赤黒い魔法陣を目前に浮かべたところで――

ファラが放った光線がニーズヘグの側面を捉えた。

横合いからの攻撃に、照準がズレた黒炎の球体がまっすぐマリステイスへ向かう。直撃するかと思われたが、マリスティスは振り返ることなくそれを『無』の魔法を使って消し去る。

マリスティスは表情一つ変えない。

「ご覧の通り、私には魔法は効かないわ」

「——なら、こうすればいいじゃない」

タータニアが疾駆《しっく》する。

背中に背負った片手半剣の機巧を操作して、剣を射出。中空に浮かんだそれを握り締め、【門】から魔力を解放した。

放たれた風でさらに加速しながら、横薙《よこな》ぎに一閃《いっせん》。

しかし、マリスティスは自分に向かってくる刀身の腹を掌底《しょうてい》で打って軌道を逸らす。そして、がら空きになったタータニアの腹部に回し蹴りを放つ——

が、スイがその回転の隙に、二人の間に飛び込み、マリスティスの蹴りを防いだ。

互いに【魔闘術《まとうじゅつ》】を使った一撃。

激しく衝突して大気を揺らした。

「——来たれ、【闇の執行者《エクセキューショナー》】」

さらにユーリが、闇の召喚魔法を発動する。

マリスティスの背後に浮かび上がった禍々《まがまが》しい黒い魔法陣から、不気味な執行者が姿を現し、大鎌を振りかぶる。

――だが、これもまたマリステイスの『無』の魔法によって一瞬で消し去られ、大鎌は振るわれることなく霧散した。

その隙にスイとタータニアは一度後方へ下がり、間合いを取って体勢を整えた。

「強い」

スイが一言漏らす。

タータニアとユーリもまた同じことを感じていた。

自分達ではマリステイスの足元にも及ばないと感じさせられる。

「三対一じゃ少し面倒ね。こうしましょうか」

そう告げてマリステイスがパチンと指を鳴らす。すると、彼女の真後ろに魔法陣が浮かび上がり、その中から黒い巨躯《きょく》の狼が姿を現した。

四本足にして、高さは優に三メートル以上。巨大な狼が喉を鳴らしながら牙を剥いた。

「まさか、〈使い魔〉……!?」

「いいえ、この子は『魔獣』に改良を加えただけよ。召喚獣、とでも言えばいいかしら。――さぁ、いきなさい、ガルム。獲物はあの二人の少女よ」

マリステイスの言葉に応えるように、ガルムと呼ばれた巨大な黒狼がユーリに肉薄する。慌ててスイがガルムを殴りつけようとした――その瞬間。

背中に悪寒を感じて急いで振り返ったスイ。

「――【闇の執行者《エクセキューショナー》】……!?」

マリステイスがユーリの魔法をコピーしたのである。

振り下ろされた大鎌を避けながら、スイは『無』の魔法で執行者を消し去り――その瞬間に銀色の影――マリステイスが視界の隅を横切った。

気づけば、スイの身体は勢いよく吹き飛ばされている。

タータニアが叫ぶ。

「スイッ！」

「げほっ、ぐ……っ！　大丈夫、です！　タータニアさんはユーリさんの援護を！」

「く……ッ、わかった！」

マリステイスの一撃は重く、常人であれば肋骨《ろっこつ》を砕かれかねない。しかしスイは、【魔闘術《まとうじゅつ》】で防御していたので、致命傷にならずに済んでいた。直接ぶつけられた右肘は痺《しび》れていたが。

「お互いに『無』を持った者同士が戦うとなると、下手に魔法を使っても埒《らち》が明かないものね。でも、アナタの身体は小さくて、体術のほうはまだまだ未熟みたい」

スイの動きを冷静に分析するマリステイス。

スイにとって幸いなのは、マリステイスが『無』の力で、スイ自体を消滅させることができない、ということ。

スイの身体を欲しているため、そんなことをしては意味がない。

スイもマリステイスを『無』の力で消すことはできなかった。マリステイスが魔眼《まがん》を持っているため、避けられてしまうのだ。

――あの力を使えば、多分どうにかなる、けれど……！

二年間の修業で得た、『無』の力の境地。

しかしそれは、あまりにも危険過ぎる。『宝玉』を三つ手に入れたスイであっても十全に使いこなせなかった。

スイの葛藤を見抜いているのか、マリステイスは一歩ずつゆっくりと歩み寄ってくる。

思考を巡らせる時間をわざわざ稼がせるように。

スイが決心する。

魔法が通じないのなら、【魔闘術《まとうじゅつ》】で対抗すればいい。

それしか自分にはないのだ。

気を取り直して一つ深呼吸する。スイの魔力が膨れ上がり、彼の周囲には可視化された魔力によってゆらゆらと陽炎《かげろう》が立ちのぼっていた。

「――ふっ！」

息を吐きながら疾駆《しっく》し、マリステイスの目の前で地面を蹴って飛び上がる。

掌底を繰り出したマリステイスの上を飛び越え、顔面に向けて蹴りを放つ。

しかし、マリステイスは即座に身体を反らす。

さらに追撃を仕掛ける。

予想していたスイは、彼女の腕を掴み、飛び越える勢いを利用して、腹部に膝蹴りを放った。

「く……ッ！」

今の攻撃は予想外だったらしい。

マリステイスは、地面を削るように滑りながら、脇腹を押さえてスイを睥睨《へいげい》する。

「……小さな身体なりに戦い方はある、ということかしら」

「小さい小さいって、何度も言わないでください。気にしてるんだから」

どこか間の抜けた会話。

しかし、スイの表情は真剣そのもので、お互いに次の手を考えているらしい一瞬の間が流れた。

突然、スイが口を開く。

「一つ、訊いていいですか？」

「えぇ」

「さっきアナタが言ったのは、全部本心ですか？」

マリステイスの様子はこれまでのものとはまったく異なっていた。だから今の姿が嘘であってほしいと、スイは願っているわけではない。

だが、目の前のマリステイスから、ちぐはぐな印象を感じ、スイはそう問いかけたのである。

「えぇ、本心よ。私は私の目的のためだけにアナタを造ったし『魔女』を利用した。この世界を壊すためにね」

そう言うと、それ以上話すことなどないと言わんばかりに、マリステイスは魔力を纏《まと》った。そして、再びスイへ肉薄した。

スイもまた応戦する。攻撃を避けながら反撃し、ぶつかり合っては距離を取り、それを繰り返す。

——少しずつ速くなっている。

スイの対応速度や攻撃が戦いの中でさらに上の段階に進化していることを感じ、マリステイスは小さく笑う。魔眼《まがん》を通して魔力量も上昇しているのがわかった。

明らかな成長を目の当たりにして、マリステイスは攻撃の手を変える。

スイの斜め後方に距離を取ると魔法を展開した。

死角から伸びた氷の刃がスイに迫る。かろうじて直撃を避けたが、氷の刃は彼の脇腹を掠め、鮮血を撒《ま》き散らした。

「ぐ……ッ」

無理な体勢から身体を捻ったところを、マリステイスの掌底が直撃。スイは吹き飛び、地面を跳ねるように転がり倒れ込んだ。

「が、は……っ」

致命傷は避けることができたものの、スイの身体は大きく傷ついていた。血を吐き出し、腕で口元を拭う。そのままマリステイスを見上げ――

咄嗟《とっさ》に顔の前で腕を交差させた。

マリステイスの蹴りがスイの腕を蹴り上げた。さらにがら空きになった胸部へ追撃を加えるマリステイス。しかし、スイは後方へと身体を反らして脚を振るった。

さらに手を翳《かざ》して魔法で反撃を試みたが、すでにマリステイスの姿はない。

刹那《せつな》、スイの背後に姿を見せたマリステイス。脇腹へと掌底を打ち込み、スイの身体が跳ねる。

「――ッ！」

肺の空気を押し出され、ガクンと全身から力が抜けたスイ。倒れ込みながら、強引に身体を動かして距離を取る。

――だが、この逃げは悪手であった。

さらにマリステイスの掌底が、振り返ったスイの腹部を直撃し、スイの身体は後方へ飛ばされた。

タータニアとユーリが声をかける。

「スイッ！　――ぐっ！」

「フォローにいかせてくれる相手じゃ、ないわね……」

タータニアとユーリが対峙するガルムは巨狼だ。下手に背を向ければ、たちまち速度を乗せて背後から襲いかかってくるだろう。

鋭い爪と牙に、硬い皮膚。これまで『魔獣』を何匹も狩ってきた二人でも、ここまで強い『魔獣』を見たことはなかった。

身体のあちこちに裂傷を作ったタータニアとユーリは、先ほどからガルムに翻弄されてなかなか勝機を見出せず、攻めきれずにいる。

せめてスイがこれを『無』の魔法で消してくれれば、と思わなくもないが、スイが魔法を使う瞬間にマリステイスがそれを阻止するだろう。ガルムは巨体であり、ただ魔法を消すのとはわけが違うのだ。少なからず隙が生まれるし、それを許す相手ではない。スイもそれを理解していたからこそ、マリステイスに集中するしかなかったのだ。

さらに今、スイは倒れて動けない。

タータニアは目の前のガルムを睨みつけ、腰を落とした。

「邪魔、するなぁッ！」

タータニアが再び接近し、片手半剣で一閃して首を狙う。しかしそれは避けられ、反撃に噛み付こうとガルムの牙が迫った。

タータニアはぐるりと空中で身体を反転させながら、【門】を使ってガルムの牙を回避しつつ、片手半剣を持っていた左手とは逆の手に握っていた短剣を、ガルムの赤い瞳に突き立てた。

ガルムは痛みに声を上げて仰け反るが、それでも逃げる様子はなかった。貪欲《どんよく》に前足を振るってタータニアを弾き飛ばす。

「タータニアさん！」

身体よりも太い前足に殴られ、このままでは着地は難しい。そう判断して、咄嗟にユーリがタータニアの身体を受け止めるが、衝撃で二人の息が詰まった。

同時に、ガルムが二人に飛びかかる。

「ぐ……あああぁぁぁッ！」

裂帛《れっぱく》の気合いを上げて、タータニアがふらつきながら身を起こすと、【魔闘術《まとうじゅつ》】を使って振り下ろされた爪を片手半剣で打ち返し、ぐるりと身体を捻った。【門】から再び風を放ち、勢いを増した短剣が突き立った左目とは逆——右眼を狙って振り上げられる。

しかし、ガルムは後方へ飛んでそれを避けた。

「呪縛を――【闇の鎖《バインド》】」

タータニアの奮戦のおかげで体勢を整える時間を得たユーリが、ガルムへ魔法を放つ。ガルムの巨躯の真下に影が広がり、そこから真っ黒な鎖がガルムの身体を縛り、それを好機と見たタータニアが地面を蹴って疾駆《しっく》し、間合いを詰めた。

しかしそれは、激しい戦いの中で魔法を主力にしていたユーリと、それに反応してしまったタータニアの判断ミスだ。

「タータニアさん、ダメッ！」

ユーリの声があと数瞬早ければ、タータニアも動きを変えたのかもしれない。【闇の鎖《バインド》】によって巻き付いた鎖は『魔獣』の特性によって瞬く間に霧散してしまい、ガルムは即座にタータニアへと前足を振るい、直撃。

タータニアは吹き飛ばされて倒れた。さらにガルムはタータニアを喰らおうと近づく。

ユーリが【魔闘術《まとうじゅつ》】を発動してなんとかタータニアを庇おうと試みるが、しかしこれまで、杖による打撃は効果が見られなかった。それでもタータニアの前に躍り出たユーリは、ガルムが振り下ろした前足を受け止めようとして、押し負けてしまった。

ガルムの爪が、ユーリの身体を斜めに切り裂いた。

「……ゆー、り……」

幸い、反射的に身を引いたおかげで切断されるには至らなかったが、胸元を切り裂いた傷は激しく血を噴き出し、ユーリの身体が崩れ落ちる。

朦朧《もうろう》とする中でタータニアの小さな声を聞いたのを最後に、ユーリの意識は闇に落ちた。

一方、ニーズヘグと対峙していたシア、アンビー、ファラもまた攻めあぐねていた。

空中に逃げるだけならばいざ知らず、強固な鱗のせいでダメージを与えることができない。アンビーの魔法では、ニーズヘグの鱗を貫通することはできず、どうしても補助に回らざるを得ない。

それでも、ファラが自分よりも二回りは大きいニーズヘグの周囲を飛び回りながら攻撃し、なんとか傷をつける。しかし、決め手に欠ける。

シアは、闇の魔力を凝縮させ大鎌を構えて肩で息を切らしながら、ファラと空中で戦うニーズヘグを見上げた。

その横には、腕を押さえて傷を庇うアンビーの姿がある。

「『魔女』なんて呼ばれて慢心していたつもりはないけれど……ぐっ」

「アンビー、下がって。魔法を使い過ぎて〈狂化〉が進行しているわ」

「まぁ、ね。最後の戦いだし、出し惜しみはなしで戦いたいんだけど、どうしてもね」

アンビーが押さえている、傷ついた手には、すでに黒い罅《ひび》のような模様が浮かんでいる。〈狂化〉の兆候だ。

アンビーが、ぼそっと呟く。

「それとも、このまま〈狂化〉してしまえばどうにかなると思うかい？」

最悪の場合、〈狂化〉を発動させてしまえばニーズヘグに対抗できるかもしれない。他の皆も、マリステイスが〈狂化〉した自分に対応している間に逃げることも可能だろう。

そんな考えを浮かべたアンビーに、シアは冷たく「無意味よ」と言い放った。

「ニーズヘグならどうにかなるでしょうね。でも、マリステイスが対処できないほどなのかどうかまではわからないわ。分の悪い賭けだと言うしかないんじゃないかしら」

「やれやれ、そこは『そんな真似しないで』って止める場面じゃないかね？」

「アナタもわかっているでしょう？　この戦いは、私達にとって本当に最後の戦いよ。どちらにしても、ここで私達は消える」

「……夢がないね、まったく」

ここが最後の戦いの場所であることはアンビーとて理解している。すでに身体を蝕《むしば》む〈狂化〉はかなりの段階まで進み、このまま地上に戻ろうとは思えない。

「――ッ、避けるんだ、ファラ！」

邪龍との戦いが動く。

ニーズヘグを地面に叩き落として押さえ込もうとしたファラ。その長い首にニーズヘグの牙が食い込み、ファラが苦痛に叫ぶ。

このままでは首ごと噛み砕かれかねない。動けないアンビーの横からシアが飛び上がり、構えていた大鎌に魔力を注いで巨大化させ、ニーズヘグの首を狙って振り上げた。

しかし、ニーズヘグはファラに執着するつもりはなかったようだ。あっさりと口を離し、鮮血の滴る口を中空に浮かんだシアへ向けた。

「シアッ！」

開かれた口から黒炎が吐き出される。一瞬、反応が遅れたシアが慌てて大鎌を目の前に構え、そのまま半球状の防御壁を生み出して炎を防ぐ。

そこへ、ニーズヘグが反転して巨大な尾を振り下ろす。直撃したシアの身体が地面に叩きつけられた。

「……クソッ」

ファラは崩れるように倒れている。

シアもまた地面に打ちつけられて無事とは言い難い。

空を飛ぶニーズヘグは、残るアンビーへ向かうかと思われたが、アンビーの魔法は脅威ではないと考えたのか目標を変えた。

上空で一回転すると、口を開き、赤黒い巨大な魔法陣を浮かべる。

ファラが使う光線と似たそれは、倒れて身体を起こそうとするファラへ向けられていた。

慌ててアンビーがそれを阻止しようと魔力を練るが――

そのまま痛みに声を上げてよろめいた。

ここに来て、〈狂化〉の侵食がさらに進んだ。身体が言うことを聞かない。

「ぐ……ぁ……」

このまま崩れてしまうわけにはいかなかった。アンビーはなんとか踏み留まり、息を吐き出しながら苦痛に顔を顰《しか》め、それでもニーズヘグを睨《ね》めつけた。

「……やるしか、なさそうだね……ッ！」

覚悟は決まった。

強引に魔力を絞り出し、アンビーは最後の手段――〈狂化〉をさらに進行させようと試みる。練り上げた魔力が大きくなるほどにアンビーの露出していた肌のあちこちが、次々と黒に侵食され始めた。

「が……あああぁぁぁぁッ！」

〈狂化〉が最終段階へ入り、ついに顔にまで黒が辿り着き、アンビーの瞳が赤く変色していく。

「アンビー、それは……ッ！」

「シア、後は……頼んだよ――あああぁぁぁッ！」

アンビーが最後の言葉を口にした瞬間――

純粋な暴力とも呼べる力が現れた。

赤黒い靄《もや》が広がり、ニーズヘグさえその力に押されるように距離を取り、忌々《いまいま》しげに咆哮《ほうこう》した。

「……命を奪う瘴気《しょうき》……、あれが『〈狂化〉した魔女』の末路なのね……」

広がる瘴気《しょうき》に触れた端から魔力が喰われ、大地に広がる草原は一瞬で枯れていく。

アンビーが命を懸けて作った僅《わず》かな時間は、シアが再び立ち上がるには十分な時間であった。

その瘴気《しょうき》に呑み込まれれば、否応なく自分達も消滅するだろう。

そう察したシアは、影を渡るように闇の中に消え、倒れていたファラの身体を闇で包み、その場から移動した。

邪龍も、『〈狂化〉した魔女』を前に動けないでいる。

ニーズヘグは、身体や力が魔力で作られている。魔力を喰らう『〈狂化〉した魔女』の恐ろしさをこの場にいる誰よりも強く感じていた。

アンビーは『〈狂化〉した魔女』となっても自我をすべて失くしたわけではない。

赤く染まった双眸《そうぼう》をニーズヘグへ向けている。シアとファラの二人を狙う様子はない。真っ直ぐ

獲物を定めた気迫は、邪龍ニーズヘグすら恐怖させた。

耐えられなくなったニーズヘグが動く。

咆哮《ほうこう》と共に巨大な魔法陣を生み出し、黒球を放った。強力な力を宿したそれは、バチバチと音を立てながらアンビーへ向かう。

襲いかかる黒球を、瘴気《しょうき》に包まれたアンビーが手で振り払う。すると、一瞬にして瘴気《しょうき》に包まれ、その場から消えてしまった。

ニヤリとアンビーの口角が上がり、瘴気《しょうき》はアンビーの意思に応えるようにニーズヘグに纏《まと》わりつき、身体を締め上げた。

瘴気《しょうき》が喰らい尽くすようにじわじわと侵食を広げる。断末魔の叫び声を上げながら悶《もだ》え苦しむニーズヘグは、ついに実体を保てなくなり、消滅した。

その様子を目の当たりにし、シアは顔を顰《しか》めた。

圧倒的な力を見せつけたニーズヘグすら、『〈狂化〉した魔女』に手も足も出なかったのだ。

「ふーッ、ふーッ、ああぁぁアアッ！」

「……アンビー」

アンビーが瘴気《しょうき》を広げ――シアへ襲いかかる。

シアは、逃げることなく闇を広げて、瘴気《しょうき》を受け止めた。

「――ッ！」

「二人の『魔女』の力と『宝玉』。私の魔力も多少なら『〈狂化〉した魔女』に抵抗できるみたいね。まさかこんな形で試すことになるとは思わなかったけれど」

目を剥くアンビーに、シアは静かに歩み寄り、手を伸ばした。

「まだ少しだけ自我はあるみたいじゃない。アンビー、その力を私に〈継承〉しなさい。このままじゃ自我を失って、アナタは完全な化物になってしまうわ」

「う……ぅウ……ッ」

「さぁ、この手を取って」

シアが瘴気《しょうき》に包まれたアンビーへ手を伸ばす。

アンビーの身体から放たれた瘴気《しょうき》に侵食され、シアの身体には、その頬と同じく黒ずんだ線が生まれた。それでも微笑を湛《たた》えたまま伸ばした手を引かず、狂気に歪《ゆが》んだアンビーをまっすぐ紫紺の目で見つめ続けた。

震えながら手を伸ばしたアンビー。

その手を、シアは掴んだ。

「……シ、ア」

「大丈夫。私が最後まで見届ける」

小さく言葉を交わすと、アンビーはゆっくりと目を閉じて、頬に涙が伝う。

——最後まで見届ける。

その願いは自分ではもう叶わないとアンビーも理解しているのだろう。シアに全てを託すかのように、アンビーの身体はやがて——消えた。

◆◇◆◇◆

それぞれが死闘を繰り広げ、血を流して倒れていた。

倒れたユーリにタータニアが腕を伸ばしている。ファラは倒れたまま動かず、アンビーはシアと手を重ねて消えた。

それらの光景を目の当たりにしながらも、スイは身体が言うことを聞かず、地面に伏していた。

——このままでは、みんな殺されてしまう。

スイの脳裏には、かつてのヴェル襲撃の光景が浮かぶ。

同じ教会で暮らしていた少女チェミを、あのときのスイは守れなかった。だからこそ、ガルソに渡り、ノルーシャとシャムシャオに鍛えてもらったのだ。

「——……なのに、また僕は、繰り返すのか……？」

朦朧《もうろう》とした意識の中で、スイは歯を食い縛り、拳を握り締めた。

「スイ、取引をしない？」

「……ッ」

うつ伏せになって拳を握るスイに、マリステイスが声をかけた。

「シアから『宝玉』を受け取り、アナタを——器を完成なさい。そしてその身体を私に明け渡すの。そうすれば、シア以外はここから送り返してあげるわ」

ガルムはそれ以上攻撃しようとせず動きを止めている。もしスイが今の提案を断れば即座に攻撃を再開するつもりなのか、構えを解かず油断なくそれぞれの相手を睥睨《へいげい》していた。

取引を呑めば、少なくとも皆を守れるかもしれない。

だが——

「……それでも、僕がアナタに身体を渡せば、アナタは僕を利用して世界を狙う」

「ええ、それは変わらないわ。でも、ここで惨《みじめ》たらしく死ぬよりはよほどマシだと思うけれど。あの子達に食われるよりは、ね」

「……それじゃあ、何も意味がないじゃないか」

——力の入らない身体を起こして、スイは膝に手をついたままマリステイスを見つめた。

「……僕はアナタの選択を認めない、赦《ゆる》さない。それを変えるつもりなんてない」

「強気なのは結構だけれど、今のアナタじゃ私には到底及ばないわ。伸び代はありそうだけど、それでもだめね」

マリステイスの言葉は紛れもない真実だった。

確かにスイは、二年前とは比べ物にならない強さを手に入れた。だが、マリステイスには届いていない。

シャムシャオよりも練度の高い【魔闘術《まとうじゅつ》】。

どの『魔女』よりも強い魔力。

スイと同じ『無』の力。

太刀打ちするにはあまりに高い壁であると、否が応でも実感した。

それでも――もう何もない、というわけではない。

「……まだだ。まだ終わってない」

「強情ね。なら、アナタの仲間には死んでもらうことになるけれど――」

「――いいや。僕の目の前で、誰も死なせたりしない。マリステイス。僕の最後の悪あがきだよ」

起き上がったスイが胸元で手を合わせ、目を閉じる。

そして、ゆっくりと口を開いた。

「――【解放《リベレーション》】」

◆◇◆◇◆

――この二年、スイは【魔闘術《まとうじゅつ》】とは別に『無』の魔法を調べ続けてきた。二年前の襲撃の際に出現した『魔導書《グリモワール》』。そこに書かれていた魔法は、マリスティスが確立させたものだ。

スイは、『魔導書《グリモワール》』を凌駕《りょうが》する一つの壁にぶつかり、この【解放《リベレーション》】に辿り着いた。

その力が行使される瞬間を目の当たりにしたノルーシャは、あまりの光景に驚き真剣な表情を浮かべて告げた。

「危険過ぎる力だよ。使えば身体が保たないだろうねぇ。せめて『宝玉』が全部揃えば身体への負担はなくなるだろうけれど――。どちらにせよ、危険過ぎる。練習するとしても、『宝玉』が使えるようになるまでは絶対に使うんじゃないよ」

スイは返事ができなかった。あまりにも強大な力の反動で、地面に伏せたまま身動きが取れなかったのだ。

異変に気づいたシャムシャオが慌ててやって来た。

「ノルーシャ様、今のは一体……？」

『無』の完成形とも言える魔法さ。いや、もう魔法と呼んでいいのかどうかもわからないけどねぇ。まったく、あんなものをまともに使った日にゃ、本格的にこの子はバケモンになっちまうよ」

そう言うとノルーシャは、倒れ伏すスイから視線を移して、その前方を見つめた。

そこはかつて『風の宝玉』を封印していた山に面した、広大な森があったはずである。

今ノルーシャの目の前に広がるのは、辺り一帯を切り取ったかのような、空虚な光景だった。

森は消失し、山もその一部が何かで抉《えぐ》り取られていた。

中空でその魔法を発動したスイから円形に広がった『無』の力は物質の材質や硬度、命の有無すら無視して、その場に『無』そのものを生み出した。

『魔女』であるノルーシャですら、その力に全く対処することができず、急いで距離を取って逃げるのが精一杯だったのだ。

魔力を消失させてしまう力など防ぎようがない。ノルーシャは畏怖を抱いていた。

「……『〈狂化〉した魔女』と同等――あるいはそれ以上の力を、自在に操れるようになるのかもしれないね、この子は」

そう言って嘆息するノルーシャ。

「それは……確かに化物と呼ぶべきかもしれませんね」

生み出された空虚な空間を前に、シャムシャオは表情を強張らせるのだった。

◆◇◆◇◆

「……驚いた。まさかアナタが、その段階に辿り着いているなんて」

マリステイスの目は大きく見開かれていた。

彼女の表情は、怒っているとも楽しんでいるとも取れる不気味なものだった。

「そこまでの力を使えるのなら、私も遠慮している場合じゃなさそうね。いいわ、私も本気で戦うわ」

そう言うと、銀色の光を纏《まと》うスイとは対照的に、赤黒い闇がマリステイスの周囲に漂った。周りを蝕《むしば》んでいくように広がっていく。

地面に生えていた草が一瞬で枯れ、緑の草原を思わせた一帯は、一瞬の間に枯れた大地へと変貌を遂げた。

「『〈狂化〉した魔女』の力——瘴気《しょうき》。私はアナタのレベルまで『無』の力は使えないけれど、『無』の原型であるこの瘴気《しょうき》なら操れるの。どこまで耐えられるかしら」

ただの挑発ではない。

マリステイスの身体を不気味な闇が覆った。すかさずスイが裂帛《れっぱく》の気合いを上げて肉薄する。

「――はあぁぁぁッ！」

具現化した『無』の力で、銀色の光に包まれるスイ。

赤黒い瘴気《しょうき》の力を帯びるマリステイス。

――死力を尽くした戦いは、今まさにクライマックスを迎えようとしていた。

9 「さようなら」

銀の光と赤黒の靄《もや》を纏《まと》った二人のぶつかり合いは、もはや魔法を扱うそれとは違っていた。【魔《ま》闘術《とうじゅつ》】同様に身体に宿した力と力の戦いとなるのも当然の流れだった。

スイの力と、マリステイスの操る『〈狂化〉した魔女』の力は本質的には同じだ。

互いに「消し去る」という力を持っているが、理不尽に全てを喰らい尽くすマリステイスの瘴《しょう》気《き》に対し、スイが扱う銀の光は、意思によって制御されている。

浮遊大陸の大地はマリステイスの瘴気《しょうき》によってのみ色を失い、魔力が喰われていく。

眩《まばゆ》い銀色の光と、禍々しい赤黒の瘴気《しょうき》は、見た目通りに互いの力の特徴を色濃く物語っていた。

「く……ッ！」

表情を歪《ゆが》ませたマリステイスにとって、この状況は誤算でしかなかった。

『宝玉』の全てを得ていないスイに自分と同等——いや、僅差ではあるが、押されている。器として完成していないスイが、まさか『〈狂化〉した魔女』の瘴気《しょうき》を利用した自らと正面からぶつかり合い、押し込むほどの力を持っているとは予想だにしなかった。

後方へ下がったマリステイスの身体から、鞭《むち》のように瘴気《しょうき》が数本伸び、スイへ肉薄した。スイもまた自らの力を利用して、それらを弾くと、即座にマリステイスとの距離を詰め、拳を振るってぶつかり合う。

一方、倒れたユーリを庇うように前へ躍り出ていたタータニアは、たった一人でガルムとの戦いを続けていた。【門】から風を放ち、【魔闘術《まとうじゅつ》】を乱用したせいで魔力が切れつつあるのか、肩で息をしながら、それでも倒れまいと片手半剣を地面に突き立てて睨みつける。

状況は不利だと、タータニアも理解していた。

ユーリが攻撃されてからは防戦一方だ。しかもガルムは本気ではないように感じる。嬲《なぶ》り殺すつもりで、タータニアと戦っているのかもしれない。

しかしその態度はタータニアには好都合だった。ガルムはただの『魔獣』とは比べ物にならないほど強く、頭がキレる。本気であれば、すぐに決着がつくのは目に見えている。

倒れたユーリを見ると、荒い呼吸を繰り返していた。

早くガルムを倒さなくては、ユーリは死ぬかもしれない。

ガルムが決定的な行動に出てこないのはありがたいが、状況は決して良くない。

そうした一瞬の葛藤が、隙を生む。

ガルムがタータニアに鋭い爪を振るった。

「――ぐッ！」

慌てて身体を逸らしながら耐えるタータニアであったが、ついに体力の限界を迎えた手から、片手半剣が弾き飛ばされた。

思わず見開いた赤い双眸《そうぼう》が捉えたのは、さらに追撃を仕掛けたガルムの巨大な口が迫る光景だった。

その口がタータニアへ届く前に、突如として闇が現れた。

「剣を、拾いなさい」

突然のシアの声に、タータニアは急いでその場を離れ、片手半剣を拾いに走って振り返ると、ガルムと対峙するシアの姿があった。

シアの身体は、ところどころに黒い罅《ひび》が生じ、肩で息をしている。

「私一人でどうにかできる、と言いたいところだけれど、さすがにそんな余裕はないわ。チャンス

「を作るから、どうにか一撃を」

「だ、大丈夫、なんですか？」

「ふふっ、さすがに三人分の『魔女』の力を得てしまったせいで、身体は耐えられないみたいだけれど――これぐらいなら大丈夫よ」

短く告げて、シアは足元の影を伸ばした。地面を這う影はガルムの前方で浮かび上がり、周囲に拡散して巻き付いた。

慌てて拘束から逃れようとするガルム。

しかしガルムの魔法を喰らう能力と、アンビーを〈継承〉したことで闇に瘴気《しょうき》の力を纏《まと》わせたシアの力は拮抗《きっこう》していた。

瘴気《しょうき》を纏《まと》った闇の鎖が地面からさらに伸び、ガルムを拘束していく。

「――今よッ」

「わかってるッ！」

最後の力を振り絞るように、タータニアは【門】を解放。

地面すれすれを飛び、ガルムに肉薄した。

両手を振っても斬り裂く力がないことは、タータニアも重々承知している。

ならば――と剣を構えたまま剣先のみに力を込め、脇を締める。

そして、剣先に全魔力を集中させた。

ガルムはもがいて逃げ出そうとしながらも、タータニアに向けて口を開く。

その瞬間、シアはガルムの足下から闇を伸ばして、口をこじ開けたまま固定させた。

タータニアが叫ぶ。

「そ、こだあぁぁぁッ！」

体表は硬く剣を通さないが、口の中は柔らかいはず。

タータニアは巨大なガルムの口の中へと片手半剣を突き出した。

鋭い牙に腕を切られながらも突き刺した一撃はガルムの口腔を貫き——ついにガルムを絶命させた。

崩れ落ちるように倒れるタータニア。

近寄ってきたシアが抱きかかえて、苦笑を浮かべた。

「まったく、無茶をするわね」

口の中に身体ごと入り、鋭い牙で自らの身体を傷つけながらも、ガルムを打ち倒した。

タータニアの思い切りの良さにはシアも驚くほかなかった。

ようやく戦いが終わり、シアの言葉に思わず苦笑したタータニアであったが、短くお礼を言うと、急いでユーリのもとへ駆け寄った。

「ユーリッ！」

だくだくと血が流れ続け、もともと色白であったユーリの顔はすでに蒼白に変わっている。周囲には血溜まりが生まれ、荒い呼吸のまま、ユーリは力なく笑った。

「だい、じょうぶよ。すぐに死ぬような怪我じゃ、ない、から……」

途切れ途切れの声が漏れる。

「でも、血が……！」

胸から腹部にかけて斜めに切り裂かれた傷から血が流れ続けていた。どう見ても重傷であり、今すぐ治療しなければ死んでしまう。

それにもかかわらず、ユーリは、タータニアに話しかけた。

「……よく、やったわね、タータニアさん」

「バカ、喋《しゃべ》るな！　すぐに止血するから！」

そこへ、シアが現れた。

「退きなさい、私が治してあげるから。——おいで、アウロラ」

シアの声を合図に〈使い魔〉が姿を現す。

二本の足で立つ『妖精猫《ケットシー》』である。

くるくる飛び出て着地。可愛らしくポーズを取っている。

タータニアが突然姿を現したファンシーな生き物に目を丸くすると、シアがアウロラに命じる。

「中級レベルのポーションでいいわ。かけてあげて」

アウロラは直立体勢から踵《かかと》と踵をぶつけ、前足を器用に目の上に当ててビシッとポーズを取る。

そして、斜めがけのバッグから、薄紫色の液体が入った瓶を取り出し、ユーリの胸部へ垂らした。

「ぐ……ッ、何を⁉」

「ポーションよ。アウロラは妖精猫《ケットシー》の薬術師でね。傷を治す薬を自分で作ってるのよ」

苦悶《くもん》の表情を浮かべていたユーリの表情が落ち着く。

さっきまで大きな傷があった場所を見てみると、傷は跡形もなく消えていた。

アウロラは肉球のついた手を上に向けて、何かを要求している。

二人の横から、シアが金貨を一枚アウロラに投げた。

「代金を請求してるのよ、この子」

金貨を受け取り、手を上げ、光の中へ消えていくアウロラ。

呆然とするタータニアとユーリであったが、シアは何ごともなかったように、マリステイスの戦いを真剣な眼差しで見つめている。

「ありがとうございます」

「いいわ。さっきもファラスティナに使わせたし、もうお金なんて残しておく必要ないもの」

シアはスイとマリステイスの戦いを冷静に分析していた。

『〈狂化〉した魔女』の力を操るマリステイスと、その力に対抗できる力を持ったスイとの戦いは、シアはもちろん、タータニアやユーリの出る幕ではなかった。

魔法はもちろん、うかつに近づけばその瞬間に魔力を喰われ、死に至るだろう。それが『〈狂化〉した魔女』の力であり、スイの力もそれと同質のものだ。

シアがユーリとタータニアに告げる。

「アナタ達は転移魔法陣を使ってここから離れなさい」

「そんな……ッ！　どうして！」

「ここにいたら人質にされる可能性もあるし、余波で即死しかねない状況なのよ。いる意味がないわ」

「それは……」

タータニアとて理解しているのだ。

スイとマリステイスの戦いは、すでに自分達の参加できるレベルを超えている。シアの言う通り、ここにいても何もできないだろう。ユーリがそっとタータニアの肩に手を置く。

「シアさんの言う通りよ。私達がここにいても、足手まといにしかならない。ここは退《ひ》きましょう」

「……ッ」

タータニアは奥歯を噛み締め、拳を握った。

◆◇◆◇◆

――ついにスイとマリステイスの戦いが動く。

防戦から一転、攻勢に回ったスイが、マリステイスの闇を切り裂いて懐に入り込み、自分の身体ごと後方へ突き飛ばした。

激しく倒れ込んだマリステイスを見たスイは、即座に銀色の光を操ると追撃する。

しかし慣れない魔法の行使に、身体は悲鳴を上げていた。

息が乱れて肩は揺れ、視界もぼんやりと濁り、狭まりつつある。

起きてくれるなよ、と願いながらも、望み薄であるとも理解していた。ならば早く決着をつけなければ、このままでは自分が動けなくなってしまいかねない。

追撃する光は鞭のようにしなり、マリステイスへ向かった――そのとき、倒れて動けないマリステイスの意思とは無関係に闇がスイの攻撃を防いだ。

まるで闇そのものが意思を持ったかのように、マリステイスの身体を包む。

「……本当に予想外よ。完成していない器でそこまでの力を扱えるなんて、思ってもみなかった。このままじゃ、私が負けてしまいそうね」

言葉とは裏腹に、余裕のあるマリステイスの物言い。

スイはぴくりと眉を動かした。

「諦めてくれる、と？」

「いいえ、それはないわ。ただ、少し予定を変更しようと思っただけ」

「予定？」

「えぇ。本来ならアナタのその身体をもらって、『無』の力で人間だけを消すつもりだったけれど、欲張っていてもしょうがないわ。──だから、私はこのまま世界そのものを喰らうことにする。アナタの身体が手に入らなくても十分」

マリステイスの言葉は誇張ではない。彼女はすでに世界を滅ぼす力を持っていた。ただし制御は利かず、一度世界を喰らい始めれば、もう止めることはできない。

「でもその前に、この場から逃げ出そうとしている臆病者達に制裁を加えなくちゃ、ね？」

「え──？」


──それは一瞬の出来事だった。

マリステイスは言い終わるや否や、腕を伸ばして瘴気《しょうき》を操ると、自分の後方にいたシア達三人のいる場所へ魔手を伸ばした。

一瞬の変化に気づいたのは、タータニアだった。

タータニアが応戦しようとしたところ、シアが、タータニアとユーリの二人を押し飛ばした。

その場に残るシアを呑み込み、瘴気《しょうき》が一帯を包んだ。

「ぐ……ッ！」

闇を使って対抗するシアを、マリステイスの濃密な瘴気《しょうき》が呑み込んでいく。

「シア!?」

慌てて動き出すタータニア。

シアは「近寄るなッ！」と一喝して制す。

「……この戦いに、アナタ達は関係ないッ！　今の内に、早く……逃げなさいッ！」

「そ、んな……」

「もう、マリステイスは……止まらない……。だから――早く……！」

徐々に声は細くなり、やがて――聞こえなくなった。

瘴《しょう》気《き》に包まれたその場から闇が消え去ると、何も残っていなかった。

シアの姿はない。

「う、そ……。そんな……」

愕然《がくぜん》とするタータニア。

マリステイスはニタリと口角を上げる。


スイの中で、何かがプツリと音を立てて切れたような気がした。

シアは、味方とは言い難かった。敵の敵ではあったが、味方かと言われても頷くことはできない。

シアもスイのことを味方とは思っていなかった。お互いに思い入れもなく、親しい間柄ではない。

それでも、赦《ゆる》せなかった。あっさりと命を奪うそのやり方が。人を人とも思わぬそのやり口が。

どうしてもスイには赦《ゆる》せなかった。

「――あああぁぁぁぁッ！」

怒りのままに咆哮《ほうこう》を上げ、一瞬にしてマリステイスへと肉薄する。

そのまま殴りかかるが、瘴気《しょうき》が妨害する。

それでもスイは止まらず、何度も何度も殴りつけた。

バキィと粉砕音。

ついにマリステイスの纏《まと》う瘴気《しょうき》が砕かれた。そのままスイの一撃は、生身のマリステイスを捉え、
遥か遠くに弾き飛ばした。

同時に、スイはこれ以上被害を出すまいと、タータニアとユーリのもとへ移動し、二人を守るため背に庇《かば》った。

「……スイ……」

タータニアの声を聞きながら、スイは何も答えずマリステイスを睥睨《へいげい》した。

「……ふ、ふふふ。これで、アナタを殺せば邪魔するものは――イナクナル」

幽鬼《ゆうき》のように長髪を垂らして、ふらふらと身体を揺らしながらマリステイスが立ち上がった。

纏《まと》った赤黒い瘴気《しょうき》は大きく膨れ上がり、周囲の魔力を喰らい始め、身体を作り替えるかのようにマリステイスを取り込んだ。

その隙に気を失っていたファラも意識を取り戻し、人化した姿でスイの隣にやって来た。アウロラによって傷は癒やされたようだが、消耗した体力は戻らず、満身創痍《まんしんそうい》であることは変わらない。

それでもスイと並び立ち、最後まで戦おうと力を振り絞る。

スイはファラとタータニア、そしてユーリへと振り返った。

「ユーリさん。ファラとタータニアさんを連れてここから転移してください」

「主様《あるじさま》……!?」

声を上げるファラ。目を大きく剥いたタータニアの視線を受けて、スイが微笑む。

「僕はここで、マリステイスを止める。じゃないと、きっと他の人を巻き込んでしまうから。もうマリステイスは自我さえなくなりかけてる。この場所は危険過ぎる」

「だったら、私だってここで――！」

「――タータニアさん」

スイがタータニアの言葉を遮《さえぎ》った。

「お願いだから、行ってくれないかな。僕ももうすぐ限界だ。周りに気を遣ってはいられなくなる。このままじゃ、巻き込んでしまう」

「……ッ」

言葉に詰まるタータニア。

スイがファラへ顔を向ける。そして、自分の胸元に手を当てた。ぼうっと光る線がスイとファラの間に伸びて、繋がっていく。

ファラが不思議そうな顔を向け呟く。

「これは――〈使い魔〉契約の光……？」

「うん、そうだよ。――ごめん」

スイは、その繋がりを断ち切った。

「――ッ！　どう、して……」

「僕の〈使い魔〉のままじゃ、僕が死んだら出て来れなくなっちゃうからね。こうしておけば、シャムシャオみたいに自由に動ける」

「死んだらって、それじゃあ、まるで……」

「死ぬつもりはないけれど、どうなるかわからないんだ。だからこれでいい。帰ったらまた一緒にいよう。それとも、〈使い魔〉じゃないなら僕と一緒にいたくないかな？」

「そんなことない！　……ずるいよ、主様《あるじさま》。そんな風に言われたら……」

「ははは。ごめんね、ファラ」

スイが泣き出してしまいそうなファラに笑いかける。

ファラがスイへ腕を伸ばして抱き締めた。

「……主様《あるじさま》」

「もう、僕はキミの主《あるじ》ではないよ」

「私にとっての主《あるじ》はスイだけだよ……！　お願い、マリーを止めて。それに、必ず帰って来るって約束して」

「……うん。必ず止めてみせる。だから、待ってて」

ゆっくりとファラから離れて、スイはファラの顔にそっと手を伸ばし、涙を拭ってあげる。

途端に、タータニアに強く抱き締められる。

スイは目を白黒させふっと微笑み、そっと手を背中に回した。

耳元でタータニアは涙ながらに言う。

「……ごめん、なさい。最後なのに……。私は最後まで、スイの力になれなくて」

「そんなことないよ。それに、最後じゃない。この戦いを終わらせてからも、また『魔獣』を倒しに行かなくちゃいけないだろうしね」

「……ちゃんと帰ってきて、スイ」

「うん」

タータニアの顔は見えなくてもその震える声で、気の強い彼女が泣いていることに気づいた。

肌に残る温もりを感じながら身体を放すと、タータニアは俯いたまま静かに肩を揺らしていた。

「スイ君。あとはお願いね」

「大丈夫です。必ず止めますから」

短く一時の別れを告げて、ユーリはタータニアとファラと連れ立ってゆっくりと歩き、アンビーが残した転移型魔法陣へ足を踏み入れた。


――魔法陣を発動させて光に包まれる瞬間。

スイの口が小さく動いた。「さようなら」と言ったように見えた。

タータニアとファラは、目を見開いたまま。ユーリはそっと目を閉じ――直後に転移型魔法陣が発動して、三人は姿を消した。

スイは転移型魔法陣に歩み寄ると、『無』の力で破壊し、マリステイスへ振り返った。

「……これで、ここに残るのは僕らだけになった。マリステイス、アナタを消す」

彼女の〈使い魔〉ニーズヘグを彷彿させる龍に似た姿が赤黒く象《かたど》られ、すでにマリステイスはその姿形を留めていない。

自我を失ったのか、それとも力を使い過ぎて暴走したのか。

禍々《まがまが》しい力の中心で、マリステイスは真っ赤に染まった瞳をスイに向け、憎々しげに顔を歪《ゆが》めた。

「――はあぁぁぁッ！」

対抗するように力を込めて、スイの身体が一際強い銀色の光に包まれた。

――きっとこの力を使えば、僕もこの力に呑み込まれて、消えてしまうだろう。

スイは心のどこかでわかっていた。限界まで力を使ったことはないが、そのあとどうなってしまうのかは自分が一番よくわかるのだ。

ノルーシャも危惧していたように、力に耐えられなくなった身体は呑み込まれてしまう。だから、力の要素となり得る『宝玉』を得て、その力を律する必要があった。

しかし、こうして限界まで『無』の力を使ってしまえば、その必要はない。最後の力を振り絞り、限界を感じながらも、さらにスイは力を練り上げた。

互いに睨み合う。先手を取ったのはマリステイスであった。次々と黒い力がスイに襲いかかる。多方向から迫るそれらを避けながら、その隙を窺《うかが》う。

マリステイスの力は、暴走そのものに依って生み出されていた。自我を失い、無秩序に攻撃してくる。『〈狂化〉した魔女』の力は恐ろしいが、スイにとって好都合だった。先ほどまでの理性的な戦い方が、肥大化した力のせいで活かせていないのだ。

マリステイスは強い力をぶつけようと力を込めて、瘴気《しょうき》を放出した。

様子を窺《うかが》っていたスイが、一瞬生まれた隙をついてマリステイスに近づき、拳を振るった。

ぶつかり合う銀と黒。二つの力がゼロ距離で互いを押し合い、拒み合う。

この一撃で決める。

スイにはもう、それ以上の力は残っていなかった。

もしも避けられれば、その場で力尽きるかもしれない。もしも押し負ければ、自分はマリステイスに喰われる。

勝てる相手ではない——

せめて、相打ちでもいいから。仲間と交わした約束は守れなくても。自分がこれまで関わってきた人達、自分が守りたいと思う人達のために。

「……ッ、あああぁぁぁッ！」

さらに限界へ、裂帛《れっぱく》の気合いと共にスイは力を捻り出す。ついに均衡を保っていた二つの力のバランスが、傾いた。

その瞬間。

真っ赤に染まり、歪《ゆが》んでいたマリステイスの表情が――ふっと柔らかく笑い、目を閉じた。

それはまるで――スイの力を受け入れるように。

激しい光を放って、辺りは白一色に染まった――

◆◇◆◇◆

頭を撫でる懐かしい感触に、スイはゆっくりと目を開ける。

顔に柔らかな何かを感じてふっと目を上げると、マリステイスが座って微笑んでいた。慈母のような温かい眼差しで自分を見つめている姿に気づき、スイもふっと小さく笑う。

膝の上で眠っていたのだと自覚したスイは、小さく口を開いた。

「おはよう、マリスティスさん」

「……驚かないの？」

「なんとなく予想できてたから。——今こうして僕の前にいて、今まで夢の中で会ったことのあるアナタが本当のマリスティスで、僕らが戦ったアナタは、力で自分を失ってしまったマリスティス、なんじゃないかなって」

「……えぇ。もっとも、どちらも私であることには変わりないのだけれど、ね」

マリスティスは、再び小さく微笑み、そしてスイの頭を撫で始めた。

くすぐったくなってしまい、起き上がろうとするスイ。その額に指を当てて、マリスティスは「だーめ」と言うと、スイは諦めたように膝枕に頭を戻した。

「恥ずかしいんだけど」

「母親に甘えるのがそんなに恥ずかしいの？」

「……確かに母親って言えるかもだけど」

「だったら、しばらくこうさせて。今までこんなことできなかったし。あ、でもファラが知ったらいじけちゃうかしらね」

くすくすと笑う姿は、戦っていたときは別人のようであった。これが本来のマリスティスという人――つまり、〈覚醒〉する前のマリステイスなのだろう。ここにはいないファラには悪いが、スイはもうしばらく甘えさせてもらうことにした。

ぽつりぽつりと、マリステイスは語り始めた。

「……私はね、スイ。〈覚醒〉してからどんどん心を蝕《むしば》まれてしまったの」

かつてマリステイスは強大な力を有していた。

自分の利益をおいて人を助け、自由気ままに旅をしていた。そんな彼女に人々は感謝し、信仰にも似た態度を示し、そうしたものを求めないマリステイスは困惑さえしていた。

「そんなときだったの。私が――〈覚醒〉してしまったのは」

全てを喰らう力。マリステイスは、天賦《てんぶ》の才と身体能力によってその力を抑えつけ、見事に〈覚醒〉を遂げた。髪は銀に、瞳は蒼に変色し、同時に魔眼《まがん》を手に入れた。

「見た目は変わってしまったけれど、それでも良かったの。だけど、ちょうどその辺りから、私の心は緩やかに壊れ始めた。始まりは――人の裏切りを受けたときだった」

戦いの中で告げられた、マリステイスの過去。利用され、毒殺されかけたという話。

マリステイスも、用心していたはずだった。それでも死にそうになっている人がいたから助けてしまった。必要以上に人に近づき過ぎてしまったのだ。もちろん、毒を盛られる可能性も危惧して、その備えも整えていた。

備えのおかげで毒殺は免れたが――マリステイスの心は黒く染まった。

「こうなるだろうなって思っていたのに、許せなかった。胸の中に広がった闇は、徐々に膨れ上がって――私は私でなくなったの。それが始まり」

邪龍が眠る霊峰《れいほう》で、マリステイスはニーズヘグを捕らえ、〈使い魔〉にした。そうして、その邪龍とともに国を葬《ほうむ》ったのだ。そこでようやく心の闇は晴れ、マリステイスは自分を取り戻した。

「怖かった。人と会うのも、そのとき自分がどうなってしまうのかも。だから私は人里を離れたわ。けれど、それでも人を見捨てることができなくて、人を助けて……その結果、また同じ目に遭ってを繰り返した。だから私は、もう一人の私の考えを受け入れてこの浮遊大陸へやって来た」

そこからは、自分ともう一人の自分との妥協点を探りながら日々を過ごしてきた。

ファラを助けたのは、もう一人の自分を助けてくれるのではないかという願いから。

『魔女』を受け入れたのは、彼女達なら自分が間違った道に進んだとき、止めてくれるのではないかという期待を込めて。それらは、もう一人の自分の企みと一致していた。

「レシュールは、私の違和感に気づいていた。だから私は、彼女ならもう一人の私が企んでいる計画を狂わせ、何かの手を打ってくれるのではないかと密かに期待しつつ、私自身も一つだけ手を打った。それが――スイ、アナタよ」

「僕？」

「ええ。まずアナタに【精神操作魔法】を仕込んだと、もう一人の私に思い込ませた。本当は私自身に【精神操作魔法】を仕掛けて、記憶を飛ばしていたの。また、『宝玉』に私の思念を強く込めて、もう一人の私がアナタに出会わないようにも細工をした。そして私は、アナタをノルーシャに託した。あの子は少し性格が曲がっているようだけれど、とても優しい子だから。ファラも懐いていたあの子なら、ずっと一緒にいれば気づいてくれるんじゃないかって思って」

「そうだったんですか……」

だけど——とマリステイスは続ける。

「もう一人の私は、誰も信じようとはしなかった。自分だけが正しいと思い込んでいた。だから、アナタをノルーシャのもとから遠ざけた。私の変化に気づかなかったノルーシャは、もう一人の私の指示通りにアナタを自分の手元から離れた場所へと預けてしまったわ」

成人になるまで、普通の子供として育ててほしい。その願いはスイを思ったものではなく、監視下に置かれないための措置だったのだ。

ちぐはぐなマリステイスに対する印象は、これだったのかとスイは納得していた。

マリステイスが二人いるような感覚。まるで正反対の印象を受けるような矛盾する行動の理由。

氷解していく疑問を、スイはゆっくりと噛み締めていた。

「そして最後に、私は六つの『宝玉』に私自身の精神を分け移して、身体を離れた。『宝玉』が集まったとき、もう一人の私からアナタを守るためにね」

「ファラに接していたのは？」

「えぇ。他者を甘やかすなんて、もう一人の私にはできなかったもの。そういう感情は全て私自身がやってきたこと。本当のことを教えてあげたかったけれど、私ともう一人の私は結局は私そのものだから、それはできなかったけれどね。あの子には可哀想なことをしてしまったわ」

「……そっか。愛情が偽物じゃないなら、良かった」

「あの子は私の娘みたいなものだもの。それは当然よ。そうなると、ファラはアナタのお姉ちゃんになるのかしら？」

「あははは、ファラは姉って感じしないかも。だったらアーシャの方がよっぽど姉らしいかな」

くすくすとお互いに笑い合い、スイがふと口を開く。

「でも、もう会えないんだね」

——スイは気づいている。

今こうしてマリステイスと語り合っているこの場は、現実には存在していない。

最後の瞬間、マリステイスの全てを消し去ったとき、自分も消え去ってしまったのだから。

この場所は先ほどまでと同じ浮遊大陸だが、あれほど激しかった戦いの痕跡が残っていなかった。

何度か『宝玉』を得たときに見た夢と、同じように長閑《のどか》な雰囲気に包まれている。

ふと、視界が滲《にじ》む気がして、スイは目を閉じた。

これまでの日々は、もう帰ってこない。魔法学園の日々も、教会の家族達と過ごした日常も。

「帰るって言ったのに、約束破っちゃったなぁ……」

皆に別れを告げたが、できることのなら帰りたかった。

頬を伝った涙が本物かどうかはわからない。そもそもここは現実ではない。しかし、胸にぽっかりと穴が空いている感覚は、紛れも無く現実のものだと感じていた。

涙を流しながら、スイは眠りに堕ちていく。

もう二度と、目覚めないであろう——深い眠りに。

エピローグ「スイの魔法」

アルドヴァルド王国内にいた〈公王派〉が非人道的な実験を行って命を弄《もてあそ》んできたという事実が〈国王派〉によって発表され、その権威は失墜し、関係者達は爵位《しゃくい》を剥奪《はくだつ》された。

こうして二王制は廃されることになった。

ユーリの指示によって潜り込んでいたブレイニル帝国軍の間諜《かんちょう》は、戦争継続しないように働きかけ、無事成功する。

これを機に、アルドヴァルド王国との戦争は完全に終息した。

ブレイニル帝国帝都ガザントールの中央塔、アリルタの私室。

アルドヴァルドとの戦争終結の書類にサインし、国璽《こくじ》を押印して、アリルタはようやく肩の荷が下りたとばかりに首を回す。そして、ユーリを見やった。

「ようやく一段落、といったところであるな」

「お疲れ様です、陛下」

「これで『狂王』の汚名を返上できますね」

「それなのだがな、ユーリ。妾《わらわ》はこのまま『狂王』の名を捨てずにいようと思っておる」

「……何故、とお伺いしても？」

マリステイスという本物の『世界の敵』を倒し、アルドヴァルドという危険を取り除いた今ならば、不名誉な『狂王』という綽名《あだな》を抱え続ける必要はない。ユーリはそう考えていたが。

「確かにお前達の働きによって外敵はいなくなった。だが、敵がいなくなっても次に争う敵を見つけるのが人間というもの。大国となり、あからさまな敵がいなくなったからと言って妾《わらわ》の戦いが終わるわけではない」

「ですが……！」

「お前達がこの不名誉な綽名《あだな》を嫌っておるのも知っておる。だが、妾《わらわ》が『狂王』ではなくなったと知れば、隣国にとって次の標的は妾《わらわ》ということにもなりかねん。そうすれば、再びこの世界は混乱に陥るであろう。ようやく手に入れた平和を盤石なものにして初めて、戦いが終わるのだ。それまで、この『狂王』の名は捨てぬ」

——それでも、付いてきてくれるな？

言下にそう付け加えてニヤリと笑うアリルタに、ユーリは諦念の混じるため息を漏らす。その様子を見たアリルタがカラカラと笑った。

「結局、妾《わらわ》達は踊らされていただけだ。この戦争もこの平和も、妾《わらわ》の手で得たとは到底言えぬ。あやつのおかげだ」

「……スイ君、ですか」

「うむ。あやつらの力がなければ、『世界の敵』も戦争も終わってなかったであろう」

『魔人』を解放させることができたのは、スイと行動を共にしていたアーシャとミルテアのおかげ。

そうでなければ、アルドヴァルドはもっと苛烈に攻め、結果は変わっていただろう。

加えて、マリステイスを討ったスイのおかげで、世界はこうして平和を享受している。

それは紛れもない事実である。

最後の瞬間、別れを告げたとき、ユーリはスイが自分の全てを賭してマリステイスに挑むであろうと理解していた。

地上に戻ってすぐに魔法陣に乗ってスイのもとへと戻ろうとしたタータニアとファラ。

しかし魔法陣は消え去ってしまった。

泣きじゃくり、崩れ落ちる二人の横で、ユーリはスイが自ら魔法陣を破壊したと理解していた。

そこまで考えたとき——部屋に乾いたノック音が響き、ユーリが対応に向かった。

扉を開けて部屋の中に入ってきたのは、とある国の女王だ。

「お久しぶりです、アリルタ陛下」

「うむ。公式の場ではない、楽にしてくれ——ネルティエ陛下」

部屋に入ってきたのは二人。ネルティエはアリルタと短く挨拶を交わして、向かい合うように置かれた椅子へと腰を下ろした。その後ろには柔らかな笑みを湛《たた》えるルスティアの姿もある。

「ガルソ王国もだいぶ安定の兆しを見せておるようで何よりだ」

「お陰様で。色々とありましたが、アルドヴァルド王国との戦争が落ち着き、この半年で、ようやくといったところです」

「そうか。それで——スイの消息は未だに不明か？」

スイが消失したあの日から、もうすぐ半年が過ぎようとしていた。

アリルタの問いに答えたのは、ネルティエの後ろで立っていたルスティアであった。

「アルドヴァルド大陸は賢狼の一族が調査を続けていますが、やはり情報は得られていません。同じくガルソ王国内も僕の手の者が捜索を続けていますが、やはり……」

「そうなると、やはりスイはマリスティスとの戦いで自らの命を代償に勝利を得たと考えるのが妥当、であろうな」

認めたくはない答え。心のどこかでは皆その答えを導き出していた。

それでも、受け入れられないのだ。

しかし、半年という時間と、立たされている立場から、そうも言っていられない。それがこの場にいる四人に共通する残酷な現実である。

「――捜索は打ち切りだ」

人を捜索するには金がいる。

この半年、戦争終結の立役者であるスイの捜索を優先してきたが、こうも結果が得られなければ、継続は難しかった。故に、資金を提供してきた本人であり、この場にいる最年長者として、アリルタは非情なこの言葉を告げなくてはならなかった。

歯噛《はが》みする三人の顔に気づきながらも、アリルタはそれをおくびにも出さず、口を開いた。

「……あとはこの事実を、あの三人に伝えねばならぬ、か」

「タータニアさん達、ですか」

タータニアとファラ、そしてアーシャの三人を思い浮かべ、ユーリはため息を吐いた。

スイが消えて以来、ずっと世界中を旅して銀髪の少年の行方を探し続ける彼女達は、果たしてこの答えを受け入れてくれるだろうか。

「怒り狂った三人に襲われたくないので、私はその役目を辞退したいのですが」

「この中で対処できるのはユーリぐらいであろう」

「……はぁ〜。まぁ、それはわかっていますけれど……」

頭痛がする、とでも言わんばかりにこめかみを押さえながら、ユーリは深くため息を吐いたのであった。

◆◇◆◇◆

「――ブレイニル帝国から、スイの捜索打ち切りが正式に決定したとの連絡があった」

ヴェルディア王城の謁見の間で、バレンの苦々しい表情と共にその言葉が伝えられた。

そこにいたのは、スイが関わってきた生徒会の仲間達とレイア、そして教会の代表としてやってきていたエイトスである。

バレンとて、納得しているわけではない。彼は苦虫を噛み潰したように顔を歪《ゆが》めていた。誰もが口を開くことなく俯いている。

「……諦めたくない」

その声は、レイアのものだ。

「そうだな。確かに、俺もこの決定には反対だ」

「陛下……」

とにした」

「時に、レイア。お前もそろそろ政務に携わってもいい時期なのでな。お前に親衛隊を持たせるこ
とにした」

困惑する一同の視線を受けて、バレンはまるで悪童のような笑みを浮かべて続けた。

「俺としてはここにいる若者達を推薦しようと思っている。ところで、最近民衆から『魔獣』が現れているにもかかわらず、余剰な戦力を燻《くすぶ》らせていると批判を受けているのだが、何かいい案はあるか？」

「それって、まさか……」

レイアは、バレンの意図を理解して、目を見開いた。

「……お父様——いえ、陛下。つまり、親衛隊に対『魔獣』用の戦闘経験を積ませたい、とお考えでしょうか？」

「あぁ、その通り。だが、あちこちの街にはすでに駐屯軍がいるからな。一箇所に留まっていても仕方あるまい？　それに、軍の指揮下に入る者達とは違って、あくまでもお前の親衛隊だ。他の者達と同行させるのは軋轢《あつれき》を生むかもしれんなあ……」

そこまで聞いて、その場にいる者達の数人が、バレンの企みに気づき始めた。

「……まぁもっとも、ここにいる者達がお前の親衛隊となるのを拒否するなら、話は別なのだが——」

「――ソフィア・シヴェイロ。伯爵家の次期当主として、陛下のご下命とあれば、当然ながらお受けいたします」

「シルヴィ・フェルトリート。侯爵家次期当主として、同じく」

貴族としてこういう持って回ったやり方に免疫があるソフィアと、素早くソフィアに同意するシルヴィ。そんな二人をきっかけに、クレディア、ウェイン、ナタリアも親衛隊への配属を受諾した。

その答え方に新たな時代の息吹《いぶき》を感じて、バレンは小さく笑う。

レイアが、バレンに芝居がかった口調で告げる。

「陛下。親衛隊見習いである彼女達に経験を積ませるのであれば、国内を自由に探索しながら『魔獣』を討伐するという任を与えてはいかがでしょう？」

バレンとどこか似ている笑みを浮かべるレイア。その場にいた誰もが親子なのだなと改めて実感した。

「ふむ。確かに見習いとして経験を積むにも良い上に、軍の管轄に回す必要もないな」

「はい。拠点となる街には軍を派遣していますが、小さい村落などはその限りではありませんもの。『魔獣』の脅威はまだ残っているのですから、いざというときに彼女達ならば守れる民も増えるというもの」

バレンの描いたシナリオをなぞるように、レイアは進言という形で彼が求める答えを口にしていく。

　スイの捜索を、国としては打ち切らなくてはならない。この半年で国としての方針は、スイは死んだという方向でまとまり、覆せないものになってしまった。

　だが——それはあくまでも、国としての方針でしかない。

　レイアの親衛隊が国内を回る中で、スイと遭遇する可能性はある。

　要するにバレンは、スイの捜索をこのまま打ち切るつもりなど毛頭ないのである。国内外の情勢から、スイ探索を命じるわけにはいかないが、偶然見つかるのであれば問題はない。

「——良かろう、ならばレイアよ。親衛隊の運営費は宰相《さいしょう》を通して捻出《ねんしゅつ》させる。しっかりと手綱《たづな》を取れよ」

「はいっ！」

　この日から、ヴェルディアに、レイア王女親衛隊が発足したのであった。

◆◇◆◇◆

　一年前の今日、タータニアとファラはこの場所で泣き崩れていた。

　姿を見せた『深淵《しんえん》の魔女』シアに連れられて戦ったあの日以来、魔法陣が起動することはなく、廃墟は沈黙を貫いている。

タータニアは、スイと共に過ごしたあちこちに赴いていた。アーシャもそれに加わり、手分けして捜索を続けているものの、スイの足取りは掴めない。

ファラは空を飛び回り、かつてマリステイスと暮らしたあの場所を探しているが、それらしい場所は見つからない。


そして――一年が過ぎた今日、三人は再びこの場所に集まっていた。

何も掴めないまま過ごした一年の日々を互いに語り合いながら、首を横に振るばかりの三人は、一様に暗い表情を浮かべていた。

「……消えてしまった、と。そろそろ私達も認めるべきなのかもしれないわね」

アーシャの言葉を否定したくても、タータニアとファラにはできなかった。

二人とも、心のどこかでその答えに辿り着いていたのだ。

スイはあの戦いで死力を尽くし、その果てに――消えてしまったのではないか、と。

それでも、諦めきれずに一年間、世界各地を転々としながら探し続けたものの、手がかりすら見つからなかった。

スイは自分達を安心させるために、嘘を吐いた。

ファラとタータニアはわかっている。

タータニアにとって、がむしゃらにスイに追いつこうとしてきた三年間が、遂に終わりを迎える。

ファラもまた、マリステイスとの約束でもあった主《あるじ》との日々が、終わる。

アーシャもそれは同じで、これからどう生きていけばいいのか、何も決められずにいた。

「嫌だよ……、そんなの……ッ！」

「ファラ……」

「主様《あるじさま》がいないのに、私だけ残るなんて。こんな形で別れるなんて、嫌だよ！」

ぼろぼろと涙を流しながら、ファラが叫んだ。

浮かんできた涙で、タータニアの視界も歪《ゆが》んでいる。

「私も、諦めたくない……ッ！　まだひょっこり帰って来るんじゃないかって思ってしまう……！」

諦めてしまったら、本当にもう帰って来ないんじゃないか。

心がどうしても納得したくないと拒むのだ。

タータニアの心情は、痛いほど二人に伝わっていた。

あの戦いで繋がりを断ち、最後に「さようなら」と小さく呟いたとき、スイは帰って来ないのだとファラも気づいていた。

だから慌てて魔法陣へ戻ろうとしたが、作動せずに沈黙してしまった。

スイの性格を考えれば、巻き込みたくなかったのだろう。

「……主様《あるじさま》のいない世界で、私が生き残っても意味ない……ッ」

――自分がいなくなってからも、好きに生きてほしい。

そう望んだスイの優しさはわかるが、自分だけでどう幸せになれと言うのか。

あの戦いの中で自分も消えてしまえたら、こんなに辛い想いをしなくても済んだのではないか。

そんなこと、スイは喜ばないことも理解しているが、それでも――納得なんてできるはずがない。

いつもなら、ファラがそんな情けない姿を見せれば、冷たく叱るアーシャも、黙ったままである。

彼女が知った、自分が生まれた意味、そして理由。

本当はスイを護《まも》るために生まれたのだと知った。それはアーシャにとって喜ぶべき真実であった。

しかしもう、護《まも》るべき存在は消えてしまった。

――数時間が経ち、空はすっかり茜色《あかねいろ》に染まる。日は暮れかけていた。

泣き疲れた二人と、失意に沈むアーシャ。

三人は、ずっと何も喋《しゃべ》らなかった。

もうすぐこの場所は闇に包まれる。この場所から離れるとき、それはスイを探す旅は終わるときである。誰もが心のどこかでそれを感じて、立ち上がろうとしなかった。

太陽が山の向こうに沈み、空が薄暗くなっていく。

「……帰りましょう。ここで待っていても、しょうがないわ」

沈黙を破ったアーシャの声。

タータニアとファラの肩がびくりと震えた。

——ここにいてもスイは帰って来ない。

それは誰もが理解していて、誰もが口にしたくない、聞きたくない言葉だった。

聞いた瞬間に、自分達が縋《すが》っていた想いが途切れてしまった気がした。

これから先、どう生きれば良いのかわからない。

いつかは、笑えるのだろうか。

いつかは、忘れてしまえるのだろうか。

いつかは、こうして抱いている悲しみは、思い出になって消えてしまうのだろうか。

目の前が真っ暗になって、視界が閉ざされてしまったような感覚に包まれる。

「……わかった」

——もうこれ以上ここにいても、何も変わらない。

自分にそう言い聞かせて、歩き出したアーシャ。その後をタータニアは追いかけるように足を進めた。ファラはまだ動けないでいる。

——そのときだった。

「な、に……？」

ぼんやりとした光が、中空から魔法陣の中心へ降り注いでいた。

その光景を見つめて足を止めたファラの声に、アーシャとタータニアも振り返る。

「……主《あるじ》、様《さま》……」

ファラがそっと光に手を伸ばす。

――その瞬間。突如激しい光が溢れ、思わず三人は目を閉じた。

◆◇◆◇◆

「――全ての負の連鎖を断ち切ってくれたような強い魔法は、もう使えないと思う。ううん、もうアナタはこれから一生魔法すら使えないかもしれない。――けれど、それでもいいのなら、全ての『宝玉』と残された私の力の残滓《ざんし》で、アナタを帰してあげられるかもしれない」

「……そんなことが、できるの？」

「ええ。聞こえているでしょう。アナタの帰りを待つ人の声が。だから――あの子達のために、最後の魔法を使ってあげて」

「最後の、魔法？」

「えぇ。誰でも自分を愛してくれる人にだけ使える魔法。アナタを愛する人にはアナタにしか使えない——そんな、魔法を」

「——……ただいま」

——マリステイスは、最後に告げた。

「アナタを待つ人を笑顔にする魔法は、アナタにしか使えない。それが、最後の——スイの魔法よ」

——あぁ、アナタの言う通りみたいだ、マリステイス。

光の前に立つ三人の耳に、待ち望んでいた声が聞こえた——

三人は涙を流したまま笑って駆け寄り、その声の主に抱きついた。

〈完〉

元・引きこもり少女の農園開拓ファンタジー

三船鈴音が６年ぶりに家から出ると、VRMMOゲーム「楽しもう！　セカンドライフ・オンライン」とよく似た異世界に、プレイキャラの少女リンになってトリップしてしまった。自分の能力がこの世界ではチート級だと知ったリンは、スキルを活かして夢だった農園生活をスタート。しかし、なぜか野菜が皆魔物化してしまう。そこに、農業が得意なレッドドラゴンや、くたびれたオッサンの妖精など、個性的な仲間が助っ人として現れた！

◉定価:本体1200円+税　◉ ISBN 978-4-434-20996-3

illustration: 灰奈

CHIHOUKISHI HANS NO JYUNAN

地方騎士ハンスの受難

1~4

AMARA
アマラ

累計7万部突破！

ネット住民
大爆笑！

チートな日本人たちと最強自警団結成！？

異世界片田舎のほのぼの駐在所ファンタジー

辺境の田舎町に左遷されて来た元凄腕騎士団長ハンス。地方公務員さながらに平和で牧歌的な日々を送っていた彼の前に、ある日奇妙なニホンジン達が現れる。凶暴な魔獣を操るリーゼント男、大食い＆怪力の美少女、オタクで気弱な超回復魔法使い、千里眼の料理人——チートな彼らの登場に、たちまち平穏をぶち壊されたハンス。ところがそんな折、街を侵略しようと画策する敵国兵の噂が届く。やむ無く彼は、日本人達の力を借りて最強自警団の結成を決断する！　ネットで人気の異世界ほのぼの駐在所ファンタジー待望の書籍化！

各定価：本体1200円＋税

illustration：べにたま

魔法学校ファンタジー、待望のコミカライズ!!

二百年の引きこもり生活に終止符を打ち、外界に出た伝説の魔法使い・リヒード。偶然命を救った貴族の娘・ミケーネから、魔法学校の存在を聞きつけると、新たな魔法を覚えるため、子供の姿に変身してまで入学を試みる…！ 魔力も性格も規格外の魔法使いが、世界に波乱を巻き起こす、痛快マジカルファンタジー開幕!!

◎B6判 ◎定価：本体680円+税 ◎ISBN978-4-434-20519-4

アルファポリス 漫画 検索

大人気小説続々コミカライズ!!

アルファポリスCOMICS 大好評連載中!!

ゲート

漫画：竿尾悟　原作：柳内たくみ

20××年、夏—白昼の東京・銀座に突如、「異世界への門」が現れた。中から出てきたのは軍勢と怪異達。陸上自衛隊はこれを撃退し、門の向こう側である「特地」へと踏み込んだ——。超スケールの異世界エンタメファンタジー!!

Re:Monster

漫画：小早川ハルヨシ
原作：金斬児狐

◉大人気下克上サバイバルファンタジー！

とあるおっさんのVRMMO活動記

漫画：六堂秀哉
原作：椎名ほわほわ

◉ほのぼの生産系VRMMOファンタジー！

月が導く異世界道中

漫画：木野コトラ
原作：あずみ圭

◉薄幸系男子の異世界放浪記！

異世界転生騒動記

漫画：ほのじ
原作：高見梁川

◉貴族の少年×戦国武将×オタ高校生＝異世界チート!

地方騎士ハンスの受難

漫画：華尾ス太郎
原作：アマラ

◉元凄腕騎士の異世界駐在所ファンタジー！

スピリット・マイグレーション

漫画：茜虎徹
原作：ヘロー天気

◉憑依系主人公による異世界大冒険！

THE NEW GATE

漫画：三輪ヨシユキ
原作：風波しのぎ

◉最強プレイヤーの無双バトル伝説！

EDEN エデン

漫画：鶴岡伸寿
原作：川津流一

◉痛快剣術バトルファンタジー！

強くてニューサーガ

漫画：三浦純
原作：阿部正行

◉"強くてニューゲーム"ファンタジー！

白の皇国物語

漫画：不二まーゆ
原作：白沢戌亥

◉大人気異世界英雄ファンタジー！

アルファポリスで読める選りすぐりのWebコミック！

他にも面白いコミック、小説などWebコンテンツが盛り沢山!

無料で読み放題!

今すぐアクセス! ▶ アルファポリス 漫画　検索

ネット発の人気爆発作品が続々文庫化！

アルファライト文庫

毎月中旬刊行予定！ 大好評発売中！

累計260万部突破！ 自衛隊×異世界ファンタジー超大作！

2015年7月より

TVアニメ 放送開始！

TOKYO MX、MBS、テレビ愛知、BS11、AT-Xほかにて

CAST
伊丹耀司：諏訪部順一
テュカ・ルナ・マルソー：金元寿子
レレイ・ラ・レレーナ：東山奈央
ロゥリィ・マーキュリー：種田梨沙
ピニャ・コ・ラーダ：戸松遥
ヤオ・ハー・デュッシ：日笠陽子 ほか

STAFF
監督：京極尚彦『ラブライブ！』
シリーズ構成：浦畑達彦『境界線上のホライゾン』
キャラクターデザイン：中井準『銀の匙 Silver Spoon』
音響監督：長崎行男『ラブライブ！』
制作：A-1 Pictures『ソードアート・オンライン』

ゲート 自衛隊 彼の地にて、斯く戦えり

本編1～5・外伝1～3／（各上下巻）

柳内たくみ　イラスト：黒獅子

文庫新刊 大好評発売中！

異世界戦争勃発！
超スケールのエンタメ・ファンタジー！

上下巻各定価：本体600円＋税

勇者互助組合 交流型掲示板3

おけむら　イラスト：KASEN

掲示板型ファンタジー、文庫化第3弾！

そこは勇者の、勇者による、勇者のための掲示板——田舎娘・酔っ払い・脳筋・高校生など、次元を超えて集まった異色勇者達が、今日もそれぞれの悩みを大告白！　状況を受け入れられない新人勇者の困惑、旅を邪魔する理不尽な謎設定への怒り……。更にパワーアップした禁断の本音トークの数々が、いまここに明かされる！

定価：本体610円＋税　ISBN 978-4-434-20735-8　C0193

エンジェル・フォール 5

五月蓬　イラスト：がおう

闘技祭の最中、突如王が宣戦布告!?

平凡な男子高校生ウスハは、才色兼備の妹アキカと共に異世界に召喚された。帰還方法を探して仲間と共に大国ヴォラスを訪れた兄妹は、伝統の闘技祭「ヴォラスカーニバル」に挑むことに。ところが準々決勝の最中、殺人事件が発生。ヴォラス王が介入する事態に発展し、ウスハ達天使一行は敵と見なされてしまう——！

定価：本体610円＋税　ISBN 978-4-434-20734-1　C0193

白神怜司（しらかみれいじ）
1984年12月14日、関西にて生を受ける。現在は神奈川県茅ヶ崎市在住。2012年の冬にネット上で執筆を開始した『スイの魔法』にてデビュー。WT（ウェブトーク）RPGなどのライターやゲームマスターとしても活動中。

本書は、「小説家になろう」（http://syosetu.com/）に掲載されていたものを、改題・改稿のうえ書籍化したものです。

スイの魔法《まほう》　5．最後《さいご》の魔法《まほう》

白神怜司（しらかみれいじ）

2015年 8月 31日初版発行

編集ー芦田尚・宮坂剛・太田鉄平
編集長ー塙綾子
発行者ー梶本雄介
発行所ー株式会社アルファポリス
〒150-6005 東京都渋谷区恵比寿4-20-3 恵比寿ガーデンプレイスタワー5F
TEL 03-6277-1601（営業） 03-6277-1602（編集）
URL http://www.alphapolis.co.jp/
発売元ー株式会社星雲社
〒112-0012東京都文京区大塚3-21-10
TEL 03-3947-1021
装丁・本文イラストーネム
装丁デザインーansyyqdesign
印刷ー大日本印刷株式会社

価格はカバーに表示されてあります。
落丁乱丁の場合はアルファポリスまでご連絡ください。
送料は小社負担でお取り替えします。

ISBN978-4-434-20994-9 C0093